集英社オレンジ文庫

神招きの庭 6

庭のつねづね

奥乃桜子

本書は書き下ろしです。

【目次】

【人物紹介】

綾芽《あやめ》

神命を退ける「物申《ものもうし》」の力を持つ少女で、
二藍の妃。
二藍を人に戻す方法を
探している。

二藍《ふたあい》

兜坂国《とさかのくに》の王弟。
神と人の性質を持ち、
心術を使う「神ゆらぎ」で、
先の陰謀から国を救った
功により、春宮《はるのみや》に
任じられる。

鮎名《あゆな》
一花《ひとはな》の妃宮《きさきみや》。
大君の妃で、現在の斎庭《ゆにわ》の主。
十櫛《とくし》
小国・八杷島《やはじま》の王子。
客分として兜坂国の宮廷に
預けられている。
大君《おおきみ》
兜坂国の今上《きんじょう》で、
二藍の兄。
二藍の身を案じている。
イラスト／宵マチ

【用語集】

斎庭《ゆにわ》

兜坂国の後宮。神を招きもてなす祭祀の場である。大君の実質的な妃以外に、神招きの祭主となる妻妾たちも暮らしており、名目上の妻妾たちを「花将《かしょう》」と呼ぶ。

外庭《とつにわ》

官僚たちが政《まつりごと》を行う政治の場。斎庭と両翼の存在である。

兜坂国の神々

多くは五穀豊穣や災害などの自然現象を司る。基本的に人と意志疎通はできず、祭祀によってのみ働きかけることができる。その姿は人に似たものから、動物や昆虫などさまざまな形をとる。

玉盤神《ぎょくばんしん》

西の大国、玉央《ぎょくおう》をはじめとする国々を支配する神。厳格な「理《ことわり》」の神で、逆らえば即座に滅国を命じられる。

神ゆらぎ

王族の中にまれに生まれる、人と神の性質を併せ持つ者。心術などの特殊な力が使えるが、その神気により人と交わることはできず、神気が満ちすぎれば完全に神と化してしまう。

物申《ものもうし》の力

人が決して逆らえない神命に、唯一逆らうことのできる力。綾芽だけがこの能力を有している。

神金丹《しんこんたん》

神ゆらぎが神気を補うための劇薬。八杷島によって兜坂国に持ち込まれた。

神招きの庭
6
かみまねきのにわ
庭のつねづね

絆のひかり

「まったく腹が立つのよ」

そう言うと、那緒《なお》は沓《くつ》のさきでくるりと回って綾芽《あやめ》へ向きなおった。

珍しいな、と綾芽はすこし足を速めて友の隣に並んだ。簡素な白い衣《ころも》の裾《すそ》を、ようやく訪れた新緑の風が軽やかに揺らしていく。

「腹が立つって、那緒の兄さまや姉さまたちにか？」

「そうよ」

郡領《ぐんりょう》の娘である那緒と、里の情けで生かされている親なし子の綾芽。ふたりはちょうど、かつての女王・朱之宮《あけのみや》の陵《みささぎ》を守る森で落ち合ったところだった。本来ならば言葉を交わすことすらできない間柄のふたりだが、実は同じ夢を追う親友同士で、こうして年に数度ひそかに顔を合わせるのをなにより楽しみにしているのだ。

だがこの日の那緒は、どうもなにやら不満げだった。

「わたしの兄弟みんなして、よってたかって馬鹿にしてくるんだもの。女の絆《きずな》なんて長続きしない。醜い争いの繰り返しに違いない。お前の憧《あこが》れている斎庭《ゆにわ》だって、女同士が足を引っ張り合って、嫉妬したり憎んだり恨んだりの場に過ぎないんだって」

一息に不満をまくしたててから、那緒は綾芽の顔を覗《のぞ》きこむ。

「で、あなたはどう思う？」

「どう思うって」

「本当に斎庭は、嫉妬にまみれてると思う？」

「……どうしたんだ急に」

綾芽は戸惑《とまど》った。那緒にこんな問いを投げかけられるとは思わなかったのだ。なぜなら綾芽と那緒はずっと、ともにこの国の祭祀《さいし》の場——斎庭に入って、国のため民《たみ》のため、そして自分のために大成する未来を夢見てきた。斎庭なる場所は人の価値を正しく見極め、どんな女人《にょにん》にもそれぞれの活躍の機会を約束するのだと信じてきた。そんな憧れの場を貶《けな》す兄弟の言い草など、普段の那緒なら一笑《いっしょう》に付《ふ》すはずではないか。

「言っておくけど」と那緒は指を立てて付け加えた。「いちおうわたしだって、斎庭を馬鹿にしないでって言いかえしたのよ。でもかえって鼻で笑われたの。お前には世の理《ことわり》が見えてないだけだって。女人の心持ちは元来醜いものだって」

むっと眉を寄せている。なるほどな、と綾芽はひとつ息を吐いて歩きだした。それではさすがの那緒もいい気はしないし、友の意見を聞きたくなるのも仕方ない。

けれどやっぱり、気にする必要なんてないのだ。

「世の理か。確かに世には長続きしない絆も、嫉妬にまみれた争いも嫌ってほどあるとは思うよ。それこそ女も男も関係なく。でもわたしは、斎庭はそういう場じゃないと思う」

「どうして？」

「だって、国のために神を招きもてなす場だよ？　意見を戦わせることこそあっても、しようもない足の引っ張り合いにかまけていられるわけないじゃないか」

「……そうよね」

しごく当然のごとき綾芽の意見に、那緒は少々溜飲《りゅういん》がさがったように息を吸う。だがそれでも、まだ納得はいっていないらしかった。

「じゃあ、訊《き》くけど」

「うん」

「わたしとあなたの絆はどう？　死ぬまでずっと続くものかしら」

これまた唐突な問いかけに、綾芽はぱちぱちと目を瞬《しばた》かせた。

「当然だろう」

「もしわたしがあなたを置いて、さきにひとりで斎庭《ゆにわ》にのぼってしまっても？　それで上つ御方に気に入られて寵愛《ちょうあい》なんてされちゃっても、わたしを嫌いになったりしない？」

じっと目を合わせてくる。あけすけな問いかけに、綾芽は戸惑いを通り越して笑ってしまった。今日の那緒はどうしてしまったのだろう。それこそ問われるまでもない。

「まったく嫌いにならないな」

「本当？」

「だってわたしが置いていかれるのなんて、はじめから決まっているし」

那緒は斎庭の采女となるべく、一族から期待をかけられている。陵の森で生まれ落ちた――ただそれだけの理由で生かされている綾芽とは立場が違う。当然那緒が、一足も二足もさきに女官として召されるのはわかりきっていて、嫉妬するまでもない。

「だいたい那緒には、ゆくゆくは斎庭の主《あるじ》たる妃宮《きさきみや》になるって野望があるだろう？　だったら上つ御方からの寵愛は絶対に必要じゃないか。むしろ気合いを入れて一刻も早く都にのぼって、春宮《はるのみや》の寵妃の座を狙ってほしいよ」

那緒は常々、斎庭の頂《いただき》にのぼりつめると公言していた。かつての偉大な女王が眠る朱野《あけの》の邦《くに》で生まれた自分なら、きっと成せるはずだと。その途方もない夢が叶《かな》うかはわからない。都から遠く離れたこの地の娘が認められるのは、実際には至難の業《わざ》だろう。だが那緒ならば成し遂《と》げられるかもしれない。

それに。

「わたしだって指をくわえて眺めているわけでもないしな。わたしもいつかは斎庭に入るんだ。そして那緒に負けないくらいに活躍するよ」

恵まれた親友がうらやましくないといえば嘘になる。だが綾芽は、那緒なら許せると本気で思っていたし、いつまでも後《おく》れをとるつもりもなかった。那緒が誰よりなにより信を置く友として、競い合う仲間として、一生ともにある。燻《くすぶ》っていた綾芽に生きる道を示してくれた親友と生きてゆく。

それが綾芽のただひとつの願いであり、目標なのだ。

にこりと笑みを浮かべてみせると、ようやく那緒の、大人びた端整な顔がほころんだ。

「……あなたはそう言ってくれると思ってたわ」

と思えば一転、思わせぶりな笑顔でよくわからないことを言いだす。

「よかった。これならわたしたち、あの腹の立つ兄さま姉さまを見返してやれそうね。じゃあさっそく行きましょう！」

楽しげに腕を引っ張られて、綾芽は目を白黒させた。

「行くってどこに」

「緒川《おがわ》のほとりよ。絆だめしにゆくの」

「絆だめし？　というか緒川だって？　なぜそんな危険なところに――」

「いいから連れていって！」

理由を聞きたくとも、こうなるととめられないのが那緒だ。仕方なく陽《ひ》の位置で方角を確かめてから、綾芽は緩《ゆる》やかな斜面をくだりはじめた。歩きながら聞きだすしかない。那緒はいつも強引なのだ。

だが綾芽は、そんな親友が好きだった。こうして引っ張ってくれるからこそ、綾芽は自分の夢を見つけられたし、夢を諦《あきら》めないことを知ったのだ。

「なあ、なんで緒川なんかに行きたいんだ」

深い陵《みささぎ》の森をめぐるいくつもの獣道を慎重に見定めながら、綾芽はもう一度尋《たず》ねた。

朱之宮の陵は、綾芽の暮らす、角崎《つのさき》の里の背後に位置する小高い山の上にある。その陵を取り巻くように広がっているのが陵の森だ。陵への参道と山向こうに抜ける街道を除けばすべてが朱之宮に捧《ささ》げられた禁足地で、本来ならば、朱之宮への供物《くもつ》である青海鳥《あおみどり》を射るときくらいしか立ち入りは許されていない。

もっとも綾芽と那緒はそれを逆手《さかて》にとって、誰にも知られずこの森で何度も落ち合っているのだが、それでも陵の東を流れる急流の緒川にだけは近づいたことすらなかった。

「あら、嫌そうね。そんなに緒川には行きたくないの？」

「あの川辺には立ち入るなって、うちの里では口うるさく言われるんだよ」

「どうして？」

「『緒川のほとりに立つ者は、すなわち朱之宮への供物に等しい』って伝えられてる」

「迷信ね。まさかそのまま信じてるの？」

那緒が呆《あき》れて首をかしげるので、綾芽は少々むきになった。

「言い伝えはたいがい真実を含んでるし、教訓を伝えてるものだよ。これは、緒川に近づいた者は命を落とすって警告なんだ。それが『供物になる』ってことだろう」

「そんなのわかってるわよ。そうじゃなくて、なぜそう伝えられてるのか、根本の理由を知ってるのかって訊いてるの」

思いもよらない問いに、綾芽は口ごもった。なぜだろう。なぜ緒川のほとりに近づくと死んでしまうのか。確かに深く考えたことはなかった。

那緒は腰に手をあてた。

「あのね綾芽、それじゃあ斎庭《ゆにわ》でやっていけないわよ。斎庭は祈りの場じゃない、戦いの場よ？　なぜ、どうして、どうやってをいついかなるときでも考えられなきゃ、神をこちらの望みどおりに動かすことなんて土台無理なんだから」

那緒の言うことは厳しいがもっともだ。綾芽はなんとか答えをひねりだした。

「……わかった、きっと緒川の水には毒が入ってるんだよ」

川のほとりに立てば、当然水に触れてしまう恐れもあるはずだ。そうすると死んでしまうから、近寄るなと伝えられているに違いない。

と、那緒はなんとも嬉しそうな顔をした。「あなたって本当にいい子よね」

だが「当たりか？」と綾芽が尋ねれば、苦笑して首を横に振る。

「惜しいけどはずれ。実はね、緒川のほとりには地に穴があいていて、ときおり硫黄《いおう》と一緒に毒気が噴きあがるんですって。それを吸うと息ができなくて、死んじゃうんだって兄さまが言ってたわ」

「……そうなのか。知らなかった」

毎日のように森に入り続けて早数年にもなるが、ついぞ聞いたことがなかった。

「やだ、ほんとに知らなかったの？」と那緒は顔をしかめる。「ひどい話ね。あなたの義父はこの地の郡領なんだから、当然知ってるはずでしょう。あなたが知らないで危ない目にあったら、どうするつもりなのかしら」

「仕方ないよ」

義父をはじめ角崎の一族は、緒川が危険であるわけなんて綾芽には伝えない。知らずにいればいつか死ぬかもしれないが、正直なところ、死んでもよいと思ってるのだ。むしろ、朱之宮の陵の森で生まれ落ちた綾芽は、朱之宮への供物としてこの森で命を落とすのが本来の役目だとすら考えている。

腹は立たない。綾芽自身も心のどこかでそう思っていた、那緒に会うまでは。

「あのねえ、仕方なくなんてないから。いつか斎庭で偉くなって見返してやりましょ」

鼻息も荒く叱咤《しった》してくる那緒に、「そうだな」と綾芽は笑って答えた。綾芽の身の上を哀れんだ者はいても、怒ってくれたのは那緒だけだ。

「だったらまずは斎庭《ゆにわ》に入れるその日まで、ちゃんと生き残らないとだな」

ということで、と、那緒の手首を摑んで引き返そうとする。

「緒川に行くのはやめだよ。行ってもいいことなんてなんにもない」

そんな危ない場所になぜ行きたいのかもよくわからない。

ところがである。那緒は予期していたのか、器用に綾芽の腕をかいくぐって、はしゃいだように手をあげた。

「なに言ってるの。わたしは帰らないわよ。せっかく来たんだもの」

言うやくるりと背を向けて、獣道を駆けくだりはじめる。

「せせらぎが聞こえるからこっちね！」

「え、ちょっと、那緒！」

綾芽は慌《あわ》てて追いかけた。出会ったころの那緒ならば、山道に慣れていないからすぐに捕まえられただろう。しかし綾芽と密会を繰りかえした今の那緒は、木の幹にうまく手をつき、軽やかな足どりで沢へおりていく。

「おい那緒！　とまってくれ！」

何度呼びかけようと、「大丈夫」と那緒は歌うように告げるばかりだ。「もし毒気を思いきり吸いこんじゃっても、一刻は問題なくもつんですって。それより長く吸いこむと死んじゃうけど」

「どちらにしろ危険じゃないか。なんでそんな場所に行こうとするんだ」

なんなのだ。生き残れと言ったそばから、なぜ死の危険に飛びこむような真似をする。

「絆だめしをするのよ」

「だから、なんなんだ、それ！」

綾芽がすっかり腹を立てて尋ねると、笑いながら那緒は説明してくれた。

「緒川はね、古《いにしえ》の時代、絆だめしの岸辺として知られていたそうよ」

絆だめしなるものは、ふたりの男のあいだで行われる、互いの絆の強さを証《あか》す儀式だったらしい。

「絆の強さに証を立てるために、ひとりが陵の森へ青海鳥の角を獲《と》りにゆくの。その帰りを、もうひとりは川べりで待つわけ」

角を獲りに行ったほうが一刻のうちに戻ってこられれば、もう一方は無事だ。毒が地から噴きでていても、一刻以内なら死には至らない。

「帰ってこられなければ？」

「当然、待ってる方は死んでしまうわ」

その恐怖を押しても友を信じて待てれば、ふたりには確かな絆があると証される──そういう試練だという。

「それでわたしたちも、証してみせようじゃないのって考えたわけよ。もちろんわたしが川辺に残ってあなたが角を獲ってくるのよ。簡単でしょ？　あなたは、青海鳥を射落とすのには慣れてる。半刻もあれば帰ってこれるわ」

もう決まったことのように言うので、綾芽は頑なに首を横に振った。

「わたしはやらないよ」

「やだ、わたしとの絆が不安なの？」

「まさか、逆だよ。なんであなたの命を危険にさらしてまで絆を試さなきゃいけない」

心外だ。こんな危うい試しごとをしなければ、那緒は綾芽の思いを信じられないのか。

「あのね、違うわよ。あなたが絶対帰ってきてくれると信じてるからこそ、絆だめしをするの。わたしだって死にたくないもの」

「だったら──」

「わたしとあなたの絆がどれだけ強いのか、あの兄や姉に見せつけてやるのよ」

言うや那緒は茂みから軽い足どりで川原に飛び降りて、陽を受け深い青にきらめく清流のほとりから、綾芽をにっこりと見あげた。

綾芽はそれでも散々しぶったのだが、こういうときの那緒がなにを言っても聞かないのも、重々骨身に染《し》みていた。

それに、那緒が兄や姉を見返してやりたいと思う気持ちは理解できた。那緒のように気《け》高《だか》い心を持つ者がいることを、信じられない輩《やから》はいる。斎庭《ゆにわ》への憧れをせせら笑い、踏みにじった者を那緒は見返してやりたいのだろう。

だから綾芽は最後にはこう答えた。

「わかったよ、やってみよう」

（大丈夫、わたしはいつも青海鳥を狩っているんだ）

なにも与えられない綾芽に唯一許されているのが、朱之宮に捧げる青海鳥の角を集めてくることだ。青海鳥は射損じるとたちまち襲いかかってくる凶暴な鳥だが、毎日のように狩っている綾芽には恐るるに足らず。ちょうど今日は弓矢も背負っているし、半刻すら経《た》たずに戻ってこられるのは確実だ。

「ほんと？　嬉しい」

と那緒は瞳を輝かせた。と思えば川原に転がる手頃な岩に、いそいそと腰をおろす。

「じゃあわたし、ここで待ってるから。行ってらっしゃい」

「軽いな」

苦笑いを浮かべつつうなずくと、綾芽はすぐさま那緒に背を向けて、むせ返るような青の森へ走りだした。ゆくと決めたのなら、なるべく早く行って戻ってこなければ。

来た獣道を戻りつつ空を窺《うかが》う。陽は天頂を過ぎた頃合いだ。陵の森に住まう青海鳥が群れる場所はいくつかあるが、この時分なら鏡池のあたりにいるだろう。

枝分かれする獣道を左に曲がる。青海鳥のつんざくような鳴き声がしないか耳をそばだてながら急ぐ。見渡す限りの若い緑のさきに、朱色の壁が垣間見《かいまみ》える。朱之宮の眠る陵を囲む大垣だ。朱之宮の印だという、天揚羽蝶《あまあげはちょう》なる美しい蝶の姿が柱を飾っている。

かつて、玉盤神《ぎょくばんしん》なる恐ろしい神々に立ち向かい、その絶対の神命を撥《は》ねつけた女王の亡骸《なきがら》は、今もこの大垣の向こうで静かに眠っていた。女王は玉盤神の脅威を払いのけ、力を使い果たして短い命を散らしたという。だがその何者にも屈しない意志はいまも朱野の邦の人々の胸に刻まれて、血潮となって流れているのだ。

（わたしと那緒もいつか、すこしは朱之宮に近づけるのかな）

斎庭《ゆにわ》で華々しく神をもてなし活躍している自分や那緒の勇姿に思いを馳せて、綾芽はつい頬を緩めた。

その朱之宮の陵が視界から消えてしばらくして、綾芽は音もなく歩をとめた。木立が切れて、きらきらと光るものが見える。鏡池《かがみいけ》の水面《みなも》だ。

木々の合間に身を隠すようにして、慎重に池を眺めた。鳥がいる。青みがかった羽を持つ、大きな鳥。青海鳥だ。

息をひそめ身を低くして、なるべく池の近くに寄って手頃な木の幹へ手をかける。するりとのぼり、もう一度鏡池に目をやった。やはり池べりには、陽を浴びる群れがある。あわせて六羽。

みな、額《ひたい》に真珠のように光るつややかな角をひとつ持っていた。綾芽は目を細めてそれぞれを吟味《ぎんみ》する。ここから狙いやすそうな鳥は身体が小さく、角もそれほど立派ではなさそうだ。だが今は急ぎだ。これを狙おう。

そう決意して背中に負った半弓《はんきゆう》を手にとったら、急に緊張が身体を這いあがってきた。この一矢《いっし》で仕留《しと》めねばならない。池べりの青海鳥を射るのは難しい。そもそも青海鳥は警戒心が強く、さらには気性が荒い。狙われていると知るや群れごと襲いかかってくる。

それでも那緒が待っているから、外すわけにはいかない。ここで決めねばならない。早く戻らねば死んでしまうのだ。綾芽を認め、ともに夢を追ってくれる大切な友が。

たったひとりの親友が。

落ち着け、と心に言い聞かせ弓弦《ゆづる》を引き絞る。だが言い聞かせるほどに手が震えてしまう。悪循環だ、このままでは狙えないと、綾芽は一度弓をさげようとした。

なのに指がすべった。思わぬ呼吸で放たれた矢が青海鳥を射貫《いぬ》くわけもなく、その足元へと突き刺さる。一斉に鳥が顔をあげた。遠くまでよく見渡す目で、鋭く綾芽の姿を捉《とら》えて羽を広げた。

――しまった。

このままここにいたら、あの鋭い嘴《くちばし》でめった刺しにされてしまう。綾芽は転がるように幹を滑りおりた。弓を背にしまうことすらできず、もつれる足を叱咤《しった》して、森の奥へ逃げだした。急げば急ぐほど息があがって、焦《あせ》りばかりが頭を占める。なぜ外したんだ。失敗なんてめったにしないのになぜ今日に限って。この群れはもう狙えない。別の群れを探さなければ。

早くしないと、那緒が。

（焦るな）

藪《やぶ》に飛びこみ、身を固くして自分の胸を押さえつけた。まだ刻《とき》はあるのだ。それに本当に間に合わないのなら、角なんて持たずに帰ればいい。絆の証だろうと知るものか。

怒りくるった青海鳥の、けたたましい鳴き声がようやく去っていく。綾芽は何度も息を吸ってから立ちあがった。気をとりなおそう。次は陵の南西の、すこしひらけた斜面にゆこう。里に近づくから誰かに見つかる恐れは増すが、背に腹はかえられない。

そうして急いで南西の斜面に向かった綾芽は、今度は無事、陽の当たる斜面を目指しておりてくる青海鳥の大きな雄を一射で仕留めた。

獲った角を掌《てのひら》で転がせば、見とれるほどに美しい、真珠のごとくに光る角だった。めったにない上物だ。

（これなら那緒も満足するだろうな）

陽の光に負けじと輝く角の眩《まぶ》しさはふたりの絆そのもののようで、綾芽は相好《そうごう》を崩した。大切に懐《ふところ》にしまって空を仰ぐ。まだ那緒と別れてから半刻ほどか。大丈夫、間に合った。

胸をなでおろし、陵へ続く参道を横切ろうとしたときだった。

「まあお姉さま、こんなところにいらっしゃったのね」

若い娘が駆け寄ってきた。

綾芽よりも数段上等な衣をまとったその娘は、角崎の郡領の実の娘で、綾芽の義理の妹でもある真白《ましろ》だった。ふわふわとした笑みを浮かべて、楽しげに近づいてくる。

綾芽は一瞬、逃げだそうかと考えた。

――今ここで、真白と話をしている暇《ひま》なんてないのに。

だが向き合わざるを得なかった。真白を無下には扱えない。綾芽と違って本物の郡領の娘だからというのもあるし、綾芽にとって唯一といってもいい、日頃言葉を交わせる存在だからでもある。

綾芽は表向きは角崎の郡領の養女ではあるが、無論、養女とは名ばかりの厄介者だから軽んじられて、言葉すら交わしてくれない兄弟姉妹も多い。そんな中、この真白だけは綾芽を『お姉さま』と呼ぶ。施《ほどこ》しを与えてくれることもある。対等に扱ってくれずとも、哀れんでくれるだけでもましだ。得がたい絆なのだ。

「……どうされたんだ、真白」

かしこまって問いかけると、真白はにこにことした。

「まあ、おやめになって。わたしのことは実の妹と思ってくださって結構と言いましたでしょう?」

都の貴族に憧れる真白は、言葉遣《づか》いも都人《みやこびと》のようだ。綾芽は居心地悪く言いなおした。

「どうしたんだ、真白。こんなところまで来るなんて」

「お姉さまを探していたのです」

「わたしを?　なぜ」

「なぜって、お目にかかりたいからに決まっているでしょう?　それで、お姉さまはなにをなさっていたのです?」

綾芽は言葉につまって、おずおずとさきほど手に入れた青海鳥の角を見せた。

「いつもどおりだよ。これを獲ってたんだ」

角は晴れやかに輝いている。まあ、と真白は目を丸くして手を合わせた。

「美しい角ですね! こんなすばらしいもの、初めて見ました」

「次に同じようなのが獲れたら、真白にあげるよ」

せがむような気配を感じとって、綾芽は慌てて言った。この角はあげられない。那緒に渡す友情の証なのだ。

そもそも、こうしている場合ではない。早く那緒のところに戻らなければ。綾芽はいそいそと角をしまいこんだ。

「真白、またあとでな。ちょっと急いでるんだ。もしよかったら、さっき狩った青海鳥をとりに来てくれるよう、里の誰かに頼んでくれないか。湧き水のそばにあるから」

と駆けだしかけた綾芽の背に、いたずらっぽく真白は告げた。

「お姉さま、わたし、話してしまってもよいのですよ」

声音は穏やかだ。だがぞくりとして綾芽は立ちどまった。嫌な予感に振り返る。

「……なにをだ。なにを、誰に話すんだ」

「決まってるでしょう」と真白は微笑んだ。「お姉さまが三奈崎《みなさき》の娘さん——那緒さんを、無理に拝殿から連れだして、危険な陵の森を引っ張り回しているってことをです」

綾芽は唾《つば》を呑みこんだ。

「……なにを言ってる」

声が揺れる。本当に、なにが言いたいのか。そんなのまったくのでたらめではないか。綾芽は無理に那緒を連れだしているわけではない。那緒は那緒の意志で、陵を望む拝殿でひとり祈りを捧げるよりも、綾芽と話をすることこそが朱之宮の遺志を継ぐ道に続いていると考えて、こっそり抜けだして会いに来てくれているのだ。

そもそも真白は、真実を知っているはずではないか。真白は、那緒が拝殿を抜けだすための協力者なのだ。拝殿に近寄れない綾芽の代わり、那緒はこの妹の手を借りて綾芽に会いに来ている。

なのになぜ、真白はこんな言い方をする。問いかけてくる。

妹は笑みを浮かべたままでいる。おわかりでしょう、と問うかのように。

その意図を悟って、綾芽はじわじわと青くなった。

もし——真白が義父たちに、『綾芽が那緒を無理に連れだした』と告げ、そのうえもぬけの殻《から》の拝殿が見つかれば？

那緒は、遠からず都にのぼると目《もく》された大切な娘だ。それがいないとなれば大騒ぎになる。ここ角崎の里の誰かが、必ず責任をとらねばならなくなる。

（わたしは、殺される）

そう悟って、綾芽は汗ばんだ両手を握りしめた。どうしたらいい。日輪《にちりん》は刻々と西に傾いていく。どうにかこの場を脱して、早く那緒を助けに行かなければならないのに。

とうとう奥歯を噛んで、さきほど獲ったばかりの角をゆるゆると両手でさしだした。

「……これで、見逃してくれ」

そういうことなんだろう。これでいいんだろう？

しかし真白は、さも心外だと頰を紅潮させる。

「お姉さま！　違うのですよ。そんなつもりではないのです」

「ほしくないのか」

「いえ、ほしいですけど、もしいただいてしまったらわたし、角ほしさにお姉さまを脅迫したようではありませんか」

違うのか、と喉元《のどもと》までせりあがった問いを綾芽は我慢した。真白はもじもじと両手を合わせて、目を潤《うる》ませている。

「わたしはただ、感謝してほしかっただけなのです」

「感謝しているよ。真白がいなくちゃわたしたちは会えないんだから」

「そもそもおかしくはないですか?」

真白は大きな瞳で訴えかけた。

「わたしだって那緒さんといろんな話をしたかったですのに、なぜ那緒さんはわたしとはご一緒してくださらないのでしょう? わたしと那緒さんは、いずれ斎庭《ゆにわ》でともに働くことになるのですよ? お姉さまでなくて、わたしが。なのに那緒さんはいつもお姉さまにばかりご興味があるし、お姉さまはお姉さまで、わたしと話している暇などないように去られようとする。わたし、かわいそうではございませんか?」

綾芽は答えられなかった。

――綾芽ではなく、真白が。

真白は目に涙を滲《にじ》ませて、縋《すが》りつくように畳みかける。

「わたし、不安になってきてしまいました。那緒さんにもお姉さまにも相手にされないわたしごときに、斎庭に召される価値はあるのでしょうか」

「……あるよ。真白は頑張っているじゃないか」

「そう思ってくださるならお姉さま、どうか励ましてください。次の采女《うぬめ》選びのとき、わたしを支えてください、後押ししてください。お願いします」

――そういうことか。

真白の真意を悟って、綾芽は唇を噛みしめた。

（だからこの子は、わたしを脅《おど》すようなことを）

朱野の邦では、斎庭に召され中級女官たる采女になれる娘は毎年ひとりだけ、しかも各郡領の里から順に出すのが暗黙の了解だ。綾芽の里である角崎から出るのは、次はこの真白が有力だと言われている。親もなく、襤褸《ぼろ》を着せられるばかりの綾芽が選ばれる望みはもとよりほとんどない。

それでも綾芽は、そのほとんどない望みにかけていた。簡単に諦めるわけにはいかなかったのだ。

斎庭に入る采女は、都から派遣された国司《こくし》が考査で選ぶのが慣例だ。その考査に手をあげること自体は、一族がなんと言おうと綾芽にも可能なのだ。国司は斎庭の意を受け、もっとも適した娘を選ぶという。一族の思惑《おもわく》がどうあったとしても、いかに綾芽の義父が真白を推《お》したとしても、国司には、都には、別の考えがあるかもしれない。真白より綾芽が必要だと映るかもしれない。

そうすれば綾芽が、斎庭に入ることができる。

その一縷《いちる》の望みにかけていた。

だが今、真白は、自分を応援しろと言っている。真白の番のときは考査からおりろと、斎庭《ゆにわ》へゆくなんて大それた望みは捨てろと要求している。

綾芽はすぐには答えられなかった。この窮地《きゅうち》を脱する方法があるはずだ。ゆっくり、よく考えれば――。

だが刻がなかった。

「……わかったよ」

角を強く握りしめ、綾芽は努めて笑みを浮かべた。

「もちろん真白を応援する。絶対だ」

真白の、名のとおりに透きとおった頬がぱっと赤みを増した。満面に笑みを浮かべて綾芽の首に抱きついてくる。

「ありがとう！　お姉さま！」

その華奢《きゃしゃ》な身体を受けとめながら、綾芽はいかに早く那緒のところまで戻るのかばかりを考えていた。

曲がりくねる参道を素直に辿《たど》って戻る余裕はない。真白と別れるや、綾芽は森の緑に飛びこんだ。笹藪を泳ぎ、生《お》い茂《しげ》る蔦《つた》の下をくぐり、息を切らせて走る。

思わぬ時間を食ってしまった。まだ那緒と別れて一刻は経っていない、いないはずだ。きっと毒気は那緒を襲っていない。もし襲っていたとしても那緒は馬鹿ではないから、綾芽を待たずに避難している。絶対そうだ。

そびえ立つ水楠《みずくすのき》の根に指をかけ、一気に崖を駆けおりる。目の前が急にひらけて、晩春のせせらぎが視界に飛びこんできた。綾芽はすばやくあたりを見渡す。那緒はどこだ、那緒は――。

ぽつりと人影が見えた。大きな岩に、背を預けるように座っている。ぐったりとしているようにも見える。

「那緒!」

綾芽は前のめりに駆けた。嘘だろう、そんな、まさか。

走り寄り、那緒の前に膝《ひざ》をつき、その両肩を大きく揺さぶる。

「那緒、起きてくれ、那緒」

と、那緒のとじていた目がぱちりとひらいた。

「……那緒?」

息をつめて呼びかければ、那緒は口元に笑みをのぼらせ、ひどくおかしそうに笑いだす。

「やだ、最初から起きてるわよ」

「無事なのか？」

「全然無事よ！　ぴんぴんしてるから」

「でも毒気が」

「あのね綾芽、毒気は硫黄と一緒に噴きだすの。今硫黄の匂《にお》いしてる？　してないでしょ？　いつでも毒が出てるわけじゃないのよ」

綾芽は何度か瞬《まばた》いてから理解した。最初から毒は噴きだしていない。つまり那緒は一刻を過ぎても、そもそも毒になど冒《おか》されない。そういうことか。

たちまち耳まで赤くなって、それから眉を逆立てて那緒の両肩を摑んだ。

「なんだ、わたしをからかったのか？」

「からかってなんかない。いつ硫黄が噴きだすか、びくびくしながら待ってたのよ」

「でも、わたしを試しただろう」

綾芽の心を試したのだ。一刻を争う中、綾芽が約束どおり角を手に入れ、戻ってくるかを見極めようとしていた。だから笑っている。綾芽が慌てふためいて駆け寄ってきたのを見て満足している。

「答えろ那緒、そうなんだろう？」

惨《みじ》めな気分で揺さぶると、笑い転げていた那緒はふいに目元を緩めて、やさしい顔で綾芽の腕に触れた。

「馬鹿ね、そうじゃないって言ってるでしょ。試さなくたって、あなたがわたしを親友だと思ってるのは火を見るよりも明らかよ」

「じゃあなんだったんだ」

「角、獲ってきてくれた？」

問いながら、那緒は手をさしだす。疑いもしないように。

綾芽はわずかにためらってから、懐に大事に収めていた青海鳥の真珠色の角を、そっと那緒の掌に置いた。

那緒は嬉しそうに目を細めて、その光に見入った。

「ありがとう。わたし、これがほしかったのよ。すっごく綺麗ね。こんなに立派なものをもらえるとは思わなかった」

「……綺麗な角が獲れたのは、たまたまだよ」

綾芽が小さな声で告げると、またしても馬鹿ねと言いたげに、那緒は角をぎゅっと握りしめた。それから、話があるのと言って立ちあがった。

——斎庭《ゆにわ》に入ることに決まったの。

そう那緒は言った。

今年の考査では、那緒の里である三奈崎から采女を出すと決まったのだ。そして那緒が選ばれた。期待どおりに見いだされた。こうして陵《みささぎ》の森に来るのも、綾芽に会えるのも最後だ。ほどなく那緒は、都へ発《た》つ。

春も終わりを迎える陵の森を歩きながら、綾芽は心からの喜びと、自分の一部を失ってしまうような寂《さび》しさに包まれた。那緒の夢が叶って嬉しい。そしてつらい。とうとう置いていかれてしまうのだ。覚悟していたとしても、現実は重い。

だが那緒は、うつむく綾芽の頰を叩いて笑った。わたしは絶対偉くなる。そうしてあなたを呼ぶから。だから待っていて。

約束よ、と。

嬉しくてたまらないからこそ、綾芽は胸がつまりそうだった。

「ありがとう。……でもわたし、一生あなたを追えないかもしれない」

会うのも話すのも、これが最後になるかもしれない。

「どうして？」

「真白と約束したんだ。あなたと会っていることを秘密にしてもらう代わりに、次の考査では真白を応援するって」

怖かった。脅しに屈して保身に走った自分を、那緒は笑うだろうか。失望するか。

けれど前をゆく那緒は、「あらそう」と軽やかに返すだけだった。

「真白も悪知恵が回ること。あの子、あなたを哀れんでるふりをして妬《ねた》ましいのよ。ある意味、聡《さと》いのね。あなたが自分にないものを持っているってちゃんとわかってる。だからあなたのものがほしくてたまらないし、自分がほしいものをとられるんじゃないかって不安なの」

「そんなはずがないよ」

綾芽は力なく首を左右に振った。真白は期待されて育った。うらやましいのは綾芽のほうだ。

「そうかしら。まあどちらにしても、そんな深刻な顔をすることでもないわ。だってそもそも順当にいけば、来年か再来年にあなたの里から出る采女は真白よね。そして再びあなたの里に順番が回ってくるのに、十年はかかる。てことは、あなたが斎庭《ゆにわ》にのぼれるとしても、早くて十年後」

「うん」

「でもそんなの、最初からわかってることでしょ」

那緒は勝ち気な笑みを綾芽に向けた。

「大丈夫よ、わたしはできる限り早く偉くなって、あなたを呼びよせるつもりだもの。それに――たとえ斎庭がわたしたちの夢見た場所じゃなかったとしても、わたしはちゃんと生き抜いて、待ってるから。鄙《ひな》の女って馬鹿にされたり、生意気だって嫌がらせをされたりしたって大丈夫。十年だって二十年だって、いつまでだって待ってあげるから」

那緒はそう言って、目を細めて、綾芽の渡した青海鳥の角を突きだした。これさえあれば、なにも怖くはないというように。

そうして初めて綾芽は、那緒も不安で仕方がないのだと気がついた。

那緒だって怖いのだ。斎庭《ゆにわ》は神を招く場。賢い人々が、懸命に知恵を寄せ合う場。綾芽と那緒はそう信じているけれど、もしかしたら那緒の兄姉が言うような、澱《よど》んだ争いに明け暮れる場かもしれない。恐ろしい謀略が渦巻いているのかもしれない。

そんな中でもけっして輝きを失わないこの青海鳥の角のようなものが、那緒はほしかったのだ。だから危険な絆だめしを持ちかけた。綾芽を試したわけではない。心に揺るがぬ決意を携《たずさ》えて、これから待ち受ける試練に挑もうとしていた。

那緒の指のあいだで輝く真珠色の光を見つめるうちに、固くなっていた心がすっとほぐれてゆく。

「……わたしが斎庭に入れるのは本当にいつになるかわからないけど、それまでひとりで頑張れるか？」

　からかうように問いかければ、那緒はわざとらしく胸を張った。

「まったくもって心配無用よ。言ったでしょ、わたしは朱之宮の血を継ぐ女。認められて、最後には妃宮になるの」

「そうだった、期待してるよ」

「ちょっと、もうすこし本気っぽく期待してくれる？」

「本気だよ。きっと那緒は上つ御方に寵愛されるよ。魅力があるからな」

　でしょう、と得意げに顎《あご》をあげてから、那緒は思わせぶりに綾芽を小突いた。

「でもどうかしら？　むしろあなたのほうが、上つ御方のどなたかに見初《みそ》められるかもしれないわね。そっちでもいいわよ。あなただったら構わない」

「なに言ってるんだ、こんな泥臭《どろくさ》い女を寵愛する都人《みやこびと》がいるものか」

　あまりに突飛な思いつきに、綾芽は呆れて息を吐く。けれど那緒は楽しそうに後ろ手を組んで、あら、と笑った。

「上つ御方の眼力をずいぶんと見くびってるのね。わたしは期待してるわ。国を背負う方々だもの。きっと見る目だってあると思うのよね」

「もの好きの目ってことか？」

綾芽が首をすくめると、那緒はもうひとしきり笑い声をあげた。それから、一斉に広がりはじめた新緑に和《やわ》らいだ視線を向けた。

「いつでもいい。とにかく来て。しわしわの老婆になるころだって構わないわよ。わたしはずっと待ってるから」

「ほんとか？」

「ほんとよ」と、妙に自信ありげに口の端《は》を持ちあげる。

「大丈夫、わたしね、絶対あなたより長生きすると思うのよ。だからあなたが死なない限りは、わたしたちの計画に問題なんていっさいないわ」

そうか、と綾芽は笑ってしまった。そのとおりの気がしたのだ。那緒は綾芽より長生きして、ずっとこんな調子で瞳を輝かせているに違いない。

青海鳥の角が、いつまでも眩しいひかりを失わないように。


禁苑《きんえん》に、春の風が吹き抜ける。

揺れる絹れんげの群生の中で、綾芽はひとり、小さな石塔を見つめていた。

斎庭《ゆにわ》で死んだ女官たちを偲《しの》ぶための祈りの場。先日二藍《ふたあい》が連れてきてくれたそこに、綾芽はもう一度、今度はひとりで訪れたのだった。

綾芽と那緒の願った未来は訪れなかった。

愛《いと》しい親友は、長生きできなかった。

石黄《せきおう》の謀略を食いとめるため、己《おのれ》の胸を貫《つらぬ》き死んだ。そして魂甕《たまがめ》の中で綾芽を待ち続け、真実を告げて消えていった。

そんな亡き友に、どうしても渡したいものがあったのだ。

逆臣として死んだ那緒の身は、律令《りつりょう》に従いさらされたのち、焼かれて処分されたという。遺品もみな灰と化したと聞いていた。

もちろん今は、那緒が命をかけて国を救ったと誰もが知るところとなったから、那緒への処分は解かれ、大君《おおきみ》と鮎名《あゆな》が盛大な慰霊《いれい》の祭礼を執り行って報《むく》いてくれた。

とはいえ焼かれたものは戻ってこない。那緒自身も。

だが――ひとつだけ、那緒所有の品が残っていたのだった。二藍ははじめから、那緒が単なる悋気《りんき》で人を殺《あや》めたとは信じていなかった。なにか裏があると思っていた。それで遺品をひとつ、とっさに手元に残しておいたのだ。

その唯一のよすがを、すべてが終わった今綾芽にくれた。これはお前が好きにするべきものだと言って。

綾芽は重ねていた両手をゆっくりとひらいた。

そこには青海鳥の角がひとつ。

つややかな色合いは、今でもやはり目に眩しい。

もう一度ぎゅっと握りしめてから、しゃがみこんで石塔の前の土を素手で掘り返した。多くの人が様々なものを埋めているのか、土は妙にやわらかかった。力を入れずともすぐにほどよい穴が掘れて、綾芽はそこに角をそっとうずめた。

そして石塔に、静かな笑みを向けた。

「これはあなたにあげたものだからな。もう一度、渡しに来たよ」

ここに那緒がいないのは知っている。友の御霊《みたま》はようやくいっさいを忘れられて、軽やかに空へ消えていったのだ。

それでもいいと思った。那緒はいつまでも綾芽の親友だ。絆のひかりは、今も変わらず綾芽の胸で輝いている。

雪に解ける

「……いた。あれこそ探してる兎《うさぎ》だろう？」

そんな綾芽《あやめ》のささやきに顔をあげると、なるほど確かに、白く長い兎の耳が築地塀《ついじべい》の向こうから飛びだしていた。

「間違いない」と答えれば、綾芽は意を決したように塀を回りこんでいく。

「わたし、今度こそちゃんと捕まえるから」

二藍《ふたあい》も急いで続いた。すぐに、長い耳を生やしたこんもりと丸い胴体が見えてくる。こちらに背を向けているが、寒冷の地に暮らすという冬兎によく似ていた。ぴんと伸びた耳に、後ろ脚は太くて長い。そして毛の色は雪に紛《まぎ》れる白。

だがこの兎には、冬兎とまったく異なるところもある。

まずは充血したように目が赤い。それからもうひとつ。

綿毛のように身を縮めても、背丈《せたけ》は見あげるほどに高い。横幅も然《しか》りで、細い小路《こうじ》をまるきり塞《ふさ》いでしまっている。

つまりとてつもなく巨大ということで、当然のごとくただの兎ではない。

神なのである。

その兎の姿をした神に、綾芽はそろりと背後から迫った。一歩、二歩。慎重に近寄って、息をとめて毛並みに腕を伸ばしていく。見守る二藍の拳にも力が入った。あとすこしで触れられる。触れさえすればこちらのものだ。

しかし、いよいよ綾芽の指先が白い毛先を捉《とら》えようとしたとき、

――ひくり、と長い耳が動いた。

たちまちやわらかな毛は大きく逆立ち、どことなく愛嬌《あいきょう》のある目鼻が綾芽へと向く。赤い瞳が驚いたように丸くなる。

と思ったときには、兎は後ろ脚を力強く蹴りあげていた。

「逃げられた！」

蹴り飛ばされまいと転がりながら、綾芽は叫んだ。潜《ひそ》んで事態を見守っていた女舎人《おんなとねり》や衛士《えじ》やらが、すわおおごとと飛びだして白い背中を懸命に追う。だがそのときにはもう、兎の影は築地塀を越え、そのさきの小屋をなぎ倒し、官衙《かんが》を突っ切って、あろうことか斎庭《ゆにわ》と外とを分かつ大垣を飛び越え禁苑《きんえん》の野へ走り去ってしまっていた。

「しまった……」

顔をしかめた綾芽のもとに、二藍は駆け寄った。

「怪我《けが》はないか」

「大丈夫だけど」と立ちあがった綾芽は悔しそうだ。「あとちょっとだったんだけどな。もうすこしで、あの大きな兎に触れられるところだったのに」

「仕方ない。また追えばよいだけだ」

励ましたつもりだったのだが、なぜか綾芽は奥歯を噛んでうつむいた。

「……どうした」

「わたしのせいだ。わたしのせいで斎庭《ゆにわ》の外にまで逃げてしまった」

「いずれ捕まる。そう焦《あせ》るな」

「だけど冬兎は脚が滅法《めっぽう》速いから、あの広い禁苑の野のどこに逃げたかもうわからない。なんとか早く見つけなきゃ」

そう言うと、衣《ころも》の泥も払わずに駆けだしてゆく。二藍は慌《あわ》ててその背に呼びかけた。

「どうしたのだ、今日は妙に余裕がないではないか」

普段の綾芽は、必ず為《な》すべきことを為せる娘だ。その胆力に、二藍は常々感嘆している。だが今日は、朝からどこか空回りしているように見えた。気ばかりが急《せ》いているような。

案じる二藍の声にも、綾芽は足すらとめなかった。

――本当にどうしたのだ。

石黄《せきおう》の陰謀が潰《つい》え、綾芽をかりそめの妻に迎えて数カ月あまり。そのあいだ頭を掠《かす》めもしなかった類《たぐ》いの不安が急にきざして、二藍の胸はすっと冷えた。

まさか――昨夜のせいか。

わたしの過《あやま》ちに、綾芽も気がついてしまったのか。

昨晩のことだ。大君《おおきみ》の居所《きょしょ》たる鶏冠宮《けいかんぐう》に参じていた二藍は、気分よく自分の屋敷に戻ってきた。そして着替えを終えるや綾芽を呼びよせ、持ち帰った立派な白磁の瓶子《へいし》を満面の笑みで掲《かか》げてみせた。

「どうしたんだ？　それ」

「さきほど鶏冠宮で賜《たまわ》ったのだ。大君が、お前にくださるそうだ」

「わたしに？」

綾芽は驚きを瞳に浮かべて、両手でうやうやしく受けとった。

「ありがたく拝領いたします。でも、どうして」

「お前の、妃拝命《きさき》の儀が無事に終わっただろう。その祝いの賜酒《ししゅ》だと仰《おお》せだった」

梅薫《かお》るころには春宮《はるのみや》として立坊《りつぼう》する二藍に一歩先んじて、綾芽はついこのあいだ、正式に二藍の妃に立てられた。とはいえ表向きには梓《あずさ》と名乗る一介の女嬬《にょじゅ》にすぎないから、儀式もごく内々《うちうち》のひっそりとしたもので、祝いの宴《うたげ》なども設《もう》けられなかった。それを大君は哀れんで、祝いの品を二藍に預けたのだ。

「もったいないお心遣《づか》いを」

綾芽は玻璃《はり》の器《うつわ》でも持たされたように、瓶子を手に固まっている。喜びよりも戸惑《とまど》いがさきにたって慌てているらしい。

そんな友を、二藍は微笑ましく思った。いまや綾芽は、この国の誰より得がたき力を手にしている。それを当の綾芽も重々理解しているだろうに、まったく驕《おご》らないのだ。

「そう恐縮することはない。ただ喜べばよいのだ」

「わかってるけど」

「もしや酒は飲めぬのか？　ならば別のものと替えると仰せだったが」

「いや、いけるよ。わたしは斎庭《ゆにわ》に入ったばかりの女嬬にしては年かさなんだ」

「ならばよい。ではははじめの一献《いっこん》は、畏《おそ》れ多くも大君に代わり、わたしが授けよう」

二藍はそう告げて、格式張った朱塗りの盃に瓶子を傾けた。本来は大君が手ずから注ぐものの代わりだから、綾芽も緊張の面持《おもも》ちで拝受し、口に運ぶ。

だが飲み干したとたんに、その目はきらきらと輝きはじめた。

「美味だったようだな」

笑いを抑えて尋《たず》ねると、うん、と綾芽は感銘したように盃に目をやる。

「びっくりした。こんなに美味《おい》しい酒は初めてだよ」

「そうだろう」

酒なるものを一度も嗜《たしな》んだことのない二藍でもわかる。とろりと甘い匂《にお》いを放つこの神《み》酒《き》は、極上のものに違いない。

「これは斎庭の造酒司《みきのつかさ》が造る特別な神酒でな。大君のお許しを得なければけっしていただけぬ品なのだ」

「……そんな貴重なものなのか」

もったいぶっていわれを聞かせると、綾芽はまた緊張しだしたらしい。どうしたらいいのかという顔をする。ころころと変わる素直な反応にまた心が温《ぬく》もって、二藍は笑って今度は気安い土器《かわらけ》の盃に注いでやった。

「なにを恐縮している。この程度でそれでは身が持たぬぞ。大君は、もうしばらくして国が落ち着けば、ごく内々の饗宴《きょうえん》にてお手ずから酒を授けられたいと仰せだ」

酒を授けるばかりでない。饗宴の席で、大君は綾芽をいたく褒《ほ》め称《たた》えるだろう。今宵《こよい》二藍が聞かされて、己《おのれ》を褒められた以上に満たされて気分よく帰ってきたように。

宴《うたげ》に呼ばれると聞いて、綾芽はますますうろたえた。

「そんな、わたしどうしたらいいんだ。わたしみたいな物事を知らない者がおくつろぎの場に参上したら、ご気分を害してしまうんじゃないか」

「構えずともよい。大君は、内々の場では気安く愉快なお人だ」

「でも酒をいただくんだろう？　酔って粗相でもしでかしたらって思うと……」

「なんだ、お前は悪酔いする質《たち》か？」

からかいがてら尋ねると、綾芽は肩をすくめた。

「正直に言うとわからない。そこまでたくさん飲んだことがないんだ」

「ならば今ここで好きなだけ口にしてみるとよい」

「ここで？」

「お前が悪酔いする質かどうか、わたしが判じてやろう。友であるわたしの前でなら、粗相したところで恥ずかしくもないだろう？」

二藍が眉をあげてみせると、綾芽は恨めしそうな顔をした。

「あのな、わたしはあなたの前でこそ粗相なんてしたくないんだよ」

「ほう、なぜだ」

「それは、だって……」

言葉を濁す姿があまりに愛《いと》しく思われて、二藍はつい笑みをこぼして、手にした盃を飲み干した。この盃を満たしているのは酒ではなく真水だが、そんな気がしない。

綾芽が、二藍にこそみっともない姿を見せたくない理由などわかっている。わかっていて問いかける自分がずるいのも知っている。

だが、このくらいの喜びは得てもいい気がした。せっかくの酒の席なのだ。神気に冒《おか》され、口づけすら交わせない忌《い》まわしき神ゆらぎにも、この程度は許されるはずだ。

「なにひとりで水を飲んでるんだ。あなたも酒をいただいたらどうだ」

二藍が気分よく黙っているわけなど当然察したのだろう、綾芽は唇をとがらせ瓶子を摑み取ろうとした。その腕をかわして、二藍は瓶子を綾芽の盃へと傾ける。

「ちょっと、わたしが注ごうとしたんだよ？　なぜ飲まない。飲めない質《たち》か？」

「そういうわけではないが、この神酒はお前が賜ったのだ。お前が最後の一滴までいただくのが礼儀だろう」

「わたしが賜ったものは、あなたが賜ったも同じだろう？　ふたりでいただいてなにが悪いんだ」

当然のように訴える綾芽の声に、二藍は笑みを浮かべたまま目を伏せた。この娘はこういうことをさらりと口にする。言われるたびに酔いが回りそうになる。

「なあ二藍――」

「しかし、まことによい酒だろう？　なんといっても水が優れているのだ。匳《くしげ》の岩山の向こうに、兜坂国《とさかのくに》を南北に貫《つらぬ》く青垣《あおがき》の山々があるだろう。あの山々が得た雨雪が地に潜《もぐ》り、斎庭《ゆにわ》のあたりまで流れてくる。その清浄な水を井戸から汲《く》みあげ仕込んだ神酒ゆえ、どんな神も満足する、やわらかでこく深い、まことの美酒となる」

「なるほどな。それじゃああなたも飲もう」

隙《すき》を狙って、綾芽の手が瓶子に伸びる。二藍は急いで押しとどめた。

「油断も隙もないな。もう酔っているのか？」

「二杯で酔うものか！　ただわたしは、一緒に味わいたいだけなんだよ。ひとりで飲むなんて楽しくない」

「なぜ一緒にこだわるのだ」

「わたしたちは夫婦だろう？」

「形ばかりの、かりそめのな」

「ああもう、じゃあなんでもいいよ。仲間でも友でもなんでもいいけど、大事な人と分かち合えばもっと美味しいに決まってる。だからだ」

「だが――」

「あなたと分かち合いたいんだ、一緒がいいんだ」

そこまで言われると突っぱねられなかった。突っぱねる気すら起きなかった。

「……そうか。ならばすこしいただこうか」

浮かされたような気分で、二藍は盃をさしだした。一口くらいなら、今宵だけならば構うまい。飲めないわけではなく、飲まないだけなのだから。

「最初から素直にいただいておけばいいんだよ」

満面の笑みで綾芽が瓶子を傾ける。盃を持つ二藍の腕に、長くさらりとした娘の黒髪が落ちかかる。ささやかに肌を撫でていく。

二藍はふいにはっとした。

するりと逃げるように立ちあがる。

「……二藍？」

「綾芽、もう遅いゆえ開きにしよう。わたしは寝る。お前も早く休むとよい。今宵は楽しかった。また明朝な」

それだけを言って、足早に室《へや》を出た。唖然としている綾芽を振り返る余裕はなかった。

冷や汗ばかりが額《ひたい》を伝っていく。

——危なかった。もうすこしで流されるところだった。

真水で酔って、本物の酒に手を出そうとするとは。

（粗相をしでかしかけたのは、わたしのほうではないか）

そう思うと、己のあまりの愚かさに青ざめて、なかなか寝つくことができなかった。

翌日起きると、内侍司《ないしのつかさ》からひとつ文《ふみ》が届いていた。なにごとかと目を通した二藍の眉は次第に苦くひそめられた。

なぜならそれは、件《くだん》の神酒に関する厄介ごとの到来を告げるものだったのである。

二藍は文を置き、しばし悩んでしまった。

解決のため、これより神招きを行うこととなる。そして普段ならば、綾芽も関われるようにことを運ぶ。ひとつでも多くの神招きに携《たずさ》わることで、見聞を広め、経験を積ませてやりたいからだ。

綾芽がなんと言おうと、二藍と綾芽はただの友だ。二藍が神ゆらぎである以上それは変わらない。あの娘はいつか自分のもとを離れてゆく。

そうなったときに綾芽が困らないよう、立派に斎庭《ゆにわ》で生きてゆけるよう、できる限り多くを与えてやりたい。いつまでも、二藍のおかげで今があるのだと覚えていてほしい。

それだけが二藍の望みだった。

(だがこれはさすがに、折が悪すぎる)

あの神酒が関わっているとなると、呼びだすのも気まずく思われる。昨夜は放りだすように戻ってきてしまった。綾芽はどう思っているだろう。二藍の過ちに気がついただろうか。幸い今回の神招きには綾芽の力が絶対に必要なわけではないし、声をかけずに出かけてしまおうか——。

しかし結局二藍は、綾芽を呼ぶよう命じた。気まずさよりなにより、大切な娘の将来をとったのだ。

ほどなく綾芽は、女嬬としての姿で参上した。人払いしてから、二藍はなにごともなかったように軽く尋ねる。

「顔色が悪いな。二日酔いか？」

昨夜の己の失態をどう思っているだろう。内心気がかりだったが、綾芽は何度か瞬《まばた》きすると、いつもどおりに笑って首を横に振った。

「あの程度じゃそこまで具合が悪くはならないよ。まあ……あなたには迷惑かけたかもしれないけど」

「まさか」と二藍は即答した。むしろ迷惑をかけそうになったのはこちらのほうだ。

とはいえ胸をなでおろした。どうやら綾芽は、二藍が逢瀬《おうせ》を急に切りあげた理由をわかっていないし、気にしてもいないようだ。だったらいい。

安堵《あんど》して本題に入った。

「昨夜賜った神酒があっただろう。実はあれに関わる厄介ごとが起こったゆえ、お前にも協力してほしくてな」

「どうも、あの神酒の仕込み水である造酒司《みきのつかさ》の井戸が涸《か》れてしまったらしい」

綾芽は瞬《しばた》いてから、目を大きく広げた。

「……おおごとじゃないか。水がなければ酒は仕込めないだろう？」

そのとおりである。酒の仕込みには、なによりよい水が重要だ。斎庭《ゆにわ》の神酒はこの井戸の水がなくては造れない。

「もっとも例年ならば、それほど難しい問題というわけでもないのだがな」

「井戸が涸れてしまうのにか」

「実は、冬に造酒司の浅井戸が涸れることはそう珍しくもないのだ。あの井戸は、青垣の山々から至る地下水を汲んでいるのだがな。山々が冷えこみ、雪がなかなか解けぬ今のような時季に、地下に流れこむ水がいっとき足りなくなることはよくある」

雪が解けねば水はできない。だが青垣の山々の気候によっては、いつまで経っても雪が水に変わらない冬もある。そういう冬には、雪解け水を受けとめる、地上近くを流れる浅い地下水が枯渇《こかつ》して、一時的に井戸を涸らしてしまうことも珍しくはない。

「ゆえに例年ならば、浅井戸が涸れようとも酒造りに与える障《さわ》りは小さい。別の水脈を用いる井戸が都の周りにあるゆえ、そちらを仕込みに使うよう手はずが整えられている」

「厄介ごと？」

「だけど、今年はそうもいかないんだろう？」

　聡い綾芽に、言うとおりだと二藍はうなずいた。

「そうだ。黄《き》の邦《くに》で大旱害《だいかんがい》が起きたのをはじめとして、国中で水が足りない。つまりは他の井戸を使って仕込むことも難しい」

　それで造酒司は、なんとか神招きの力で浅井戸に水を呼べないかと、斎庭の主《あるじ》たる鮎名《あゆな》に泣きついた。そうして二藍に話が巡ってきたのである。

「というわけで、これより造酒司の井戸に水を呼ぶ神招きを行う。手伝ってくれるな」

「もちろんだけど……いったいどんな神を招けば、井戸に水が戻ってくるんだ？」

「招くのは、青垣の山の雪神だ」

「雪神？」

「巨大な冬兎の姿をしていてな、わたしも一度だけまみえたことがあるが、牛よりも大きな白兎だ。見あげるほど巨大なのに、毛は真綿のようにやわらかくなめらかで、ごくおとなしい神でもある」

「牛より大きい兎か……」

　綾芽は天井を見あげている。巨大な兎の姿を想像しようとしているらしい。「その兎が、青垣の山々の雪や、雪を降らせる雲の化身《けしん》なんだな。なぜその神を招くと、涸れ井戸に水が戻るんだ」

「簡単なことだ。青垣の山々の雪が解けないせいで水が足りない、だったら解かしてしまえばよい。よって雪神には、我らのもてなしによって解けていただく」

「火で炙《あぶ》るのか？」

いや、と二藍は笑った。

「誰ぞが大兎に抱きつけばよいだけだ。そのぬくもりで神はお解けになる」

大きな兎の神に身体の熱を伝える。そうすれば雪を司《つかさど》る神は解ける。東の険《けわ》しい山々の冬は終わり、陽《ひ》の光のぬくもりがすみずみまで届くようになる。雪解け水が地を潤《うるお》す。

「確かに、そんなに難しい祭礼ではないな」

「とはいえ難点がないわけでもない。兎の神は繊細でな。場合によれば斎庭《ゆにわ》中を逃げ回る。兎とは逃げ足が速い獣ゆえ、一度逃がしてしまうと捕らえるのに難儀する」

「となるとわたしの役目は、その大兎を逃がさず抱きついて解かすことだな」

「そうなるな」

「絶対うまくやるよ。任せてくれ」

胸を張って強く言いきる綾芽に、頼もしいなと二藍は笑みを向けた。そのときはまだ、綾芽の常ならぬ気負いぶりを察してやれなかったのだ。

それからふたりは神招きが行われる妻館《つまだて》に出かけていって、さっそくはじまった祭礼を見守った。

招きに応じて現れた雪神は、確かに兎の形をしていた。毛並みは新雪のよう、唯一わずかに土色を残した耳はぴんと張り、後ろ脚がたくましいのも、つぶらな瞳がかわいらしいのも、綾芽が故郷で見たとおりの冬兎の姿だ。

だが、とんでもなく大きく、とんでもなく警戒していた。

背を丸めて耳を立て、せわしなく周囲に気を配っている。今にも後ろ脚を蹴りあげて、どこかに跳ねていってしまいそうだ。

そのあまりに張りつめた様子に、二藍は内心面食らった。前に呼んだときは、ここまで神経質な神ではなかったのだが。

「うまく捕らえられそうか」

懸念を抱きつつも問えば、柱の陰から今にも兎に飛びかかろうとしている綾芽は、「当然だ」とうなずく。その逸《はや》った様子に、二藍の胸に初めて不安がよぎった。綾芽の肩には妙に力が入っている。それではこの大兎には逆効果だが――。

不安は的中した。綾芽が階《きざはし》に足をかけた刹那《せつな》、兎はびくりと顔をあげ、力強く土を蹴って逃げだしたのである。

「あ、待て！」

綾芽も、様子を窺《うかが》っていた女衛士や女舎人も、泡を食って兎神の背を追った。だが一足《いっそく》飛《と》びに築山《つきやま》を越えた神は、斎庭《ゆにわ》のうちを上から下に逃げ回り、しまいには斎庭の大垣すらも越え、北に拓《ひら》ける広大な禁苑へ逃げだしてしまったのである。

「待て綾芽、そう焦ることはないだろう」

ややもすると枯れ葉と苔《こけ》に覆《おお》われた木立の陰に見失いそうになる綾芽の背を、二藍は早足で追った。しかしいくら呼びかけようとも、綾芽の歩調は緩《ゆる》みすらしない。二藍は枯れ草をかきわけ、歯嚙みして足を進める。

逃げ足の速い兎が、この広大な禁苑のどこにいるのかもはや見当もつかず、仕方なくみなで手分けして探すこととなった。綾芽は、兎神を逃がしたのは自分のせいと重く責任を感じているようだった。らしくもない焦りを見せて、前のめりになって探し回っている。

その背を追いながら、二藍は気まずい思いに囚《とら》われていた。

あの冬兎の神が斎庭に招かれたことは過去何度もあるが、これほど遠くに逃げられたのは初めてだ。この苦戦の理由に見当はついている。冬兎は繊細だから、捕らえようとした者――つまりは綾芽の心の靄《もや》を、敏感に察して逃げたのだ。

つまり、綾芽がらしくもないのはなにも、冬兎をとり逃がしたからではない。綾芽の心はそれ以前から揺らいでいる。

（わたしが悪かったのだ）

きんと冷えた冬の風に、二藍は奥歯を噛みしめた。

綾芽の心が揺らいでいる原因などひとつしかない。

昨夜の、己の失態に原因がある。

二藍は神気のいと濃き神ゆらぎだ。その忌まわしき身は、口づけひとつで相手を殺す。だからこそ二藍は、綾芽の前では断じて酔わないようにしてきた。一瞬の油断がとりかえしのつかない結末に繋がらないよう常に己を律し、神ゆらぎと人の一線を絶対に越えるなと、幾度も自分に言い聞かせてきたのだ。

なのにあのとき、決意が揺らいだ。叶《かな》いもしない夢に焦《こ》がれて、酔えばひとときだけでもそれが手に入るのではないかと考えてしまった。お前の人生などどこんなものだと厳しく律する素面《しらふ》の自分から逃れて、心地よい幻に浸《ひた》りたくなってしまったのだ。

きっと綾芽は、そんな二藍の無責任なふるまいに気がついたのだろう。

（そうして、己の命と友情を軽んじられたと嘆《なげ》いているに違いない）

だから幻滅して、失望している。

「綾芽」

　さきを急ぐ娘の背に、二藍はもう一度呼びかけた。悪かったのはみなわたしだ。早くそう伝えねばならない。

　だがやはり綾芽の足はとまる気配もない。足早に枯れ草をかきわけ、あ、と声をあげる。ようやく振り向いたと思ったら、

「二藍、兎の足跡を見つけた！」

　と叫んで走っていってしまった。

　二藍は短く息を吐き、袖《そで》をたくしあげて綾芽が示した場所へ向かった。確かに枯れ草が押しつぶされたように倒れている。巨大な冬兎の駆けたあとに違いないだろう。

　足跡を見つけた綾芽はますます急いだ。林に飛びこみ、色褪《あ》せた落ち葉を蹴散らしてゆく。二藍は必死になって追いかけた。

　そのうちようやく、林の一角に鎮座した大岩のわき、ぽっかりとあいた洞穴《ほらあな》の前で綾芽が立ちどまったのが目に入った。兎神の足跡はそこで途切れているらしい。

　ようよう追いつけば、綾芽はしゃがみこみ、じっと穴を睨《にら》んでいた。

「大兎はこの穴に逃げこんだか」

「……たぶん。深いのかな」

「いや、そう深くはない」二藍は頭のうちに禁苑の地図を思い浮かべた。「これは昔、雷に見舞われた際にやりすごせるよう掘られた穴だ」

　今となってはほとんど人が立ち入らないのか、苔むして、倒木やら枯れた蔦《つた》やらが散乱している。洞穴の入り口にも、羊歯《しだ》の葉が落ちかかって鬱蒼《うっそう》としていた。二藍も中を覗《のぞ》いてみたが、陽も入らず闇が続くばかりだ。だが耳を澄ませば、何者かの吐息《といき》が聞こえてくる気もする。

「わたし、踏み入ってみる」

　急に綾芽が身を乗りだした。今にも穴のうちに飛びこもうとしている。

「待て」

　二藍はとっさにその手首を強く摑んだ。いつものように袖を引くのではなく、手をじにとった。綾芽は目を見開いて振り返った。普段は頑《かたく》なに距離をとっているくせに、なぜこんなときだけ触れるのか――とでもなじりたそうな顔だ。

　だが綾芽はそれについては問わず、顔をしかめた。

「なぜとめるんだ」

「危ないだろうに。洞穴の奥は暗く、なにが潜んでいるかもわからぬ。冬兎神《ふゆうさぎのかみ》ではないものがいたらどうする」

「まさか、中にいるのは絶対に冬兎だ。足跡を追ってきたんだから間違いない。それともわたしの見立ては信じられないか？」

ふいに綾芽の瞳が悲しげに陰るので、二藍は手首を摑んだまま懸命に説いた。

「疑っているわけではない、他でもないお前が言うのだからな。だが万が一、この穴に別の者までもが潜んでいたらどうする」

「別の者？」

「たとえば奥で熊が眠っていたら」

こういう穴の奥では、熊が冬眠していることがある。人が不用意に踏みこめば、神を捕らえるどころか眠りを妨《さまた》げられた獣に襲われるかもしれない。

「それは、なくもないとは思うけど」

と綾芽はわずかにうつむいた。でも、とつけ加えたそうな顔をしている。二藍には、綾芽の心の声が聞こえる気がした。

――そうやって心配しているふりをするのか。あなたは昨日、口づけだけで人を殺す身のくせに酒に酔おうとした。酔ったらなにをしでかすかわからないのに。つまりは、本当はわたしなんてどうなってもよいんだろう？

（違う）

いてもたってもいられない気分になって、二藍はもう恥も外聞もなく告げた。

「わたしはお前がなにより大切なのだ。怪我をしてほしくない。だから松明《たいまつ》をとりにゆこう。それから戻ってこよう」

どうか許してほしい。二度と流されない。だから刻《とき》がくるまでは、せめてそばにいてほしい。

綾芽は目を丸くして二藍を見あげた。二藍が後ろめたさに耐えつつも、それでも口を結んで目を合わせ続けていると、ようやくどこか安堵したように笑みを浮かべた。

「……わかった、松明をとりにいこう」

そのかどのとれた声を耳にして、二藍の肩の力も抜けてゆく。

ふたりは連れだち、洞穴に背を向け歩きだした。

＊

「……助かった」

二藍と娘の声が去ってゆくと、洞穴の中で、男は必死に殺していた息をようやく吐きだした。

（あの娘が踏み入ると言いだしたときには、もう終わりかと思ったが）

そう力なく笑って座りこんだのは、もちろん熊ではない。

隣国八杷島《やはじま》の王子にして、幼少からこの兜坂国に育った男、十櫛《とくし》である。ひょんなことから、この絶体絶命の状況に陥《おちい》ってしまっていたのだ。

ことの起こりは、いつものように禁苑に散歩に出かけたことにある。

この兜坂国では、十櫛は異国の客人として遇されている。とはいっても実際は人質に等しい身だから、意のままになることなどほとんどない。そんな窮屈な暮らしのなかで、ときおり許される禁苑の一角での散歩は、十櫛のなによりの楽しみだった。ここではひとりになれる。八杷島の王子にして兜坂に育った身という、誰にも信頼されず、心もひらけぬ身の上をわずかでも忘れられる。

それで今日も、うまく見張り役の供を言いくるめてひとり冬の野を気ままに散策していたのだが――少々、考えごとにふけりすぎたらしい。気づいたときには、見知らぬ林に迷いこんでしまっていた。

許された域を勝手に出たと知られたらおおごとである。慌てて戻ろうとしたものの、さらなる不運に見舞われた。今日に限って林のあちこちを女衛士やら舎人やらがわらわらと歩いていて、とても帰り道を探せる状況にないのである。

（なぜこれほど人が多いのだ）

仕方なく四位《しい》の木の陰に隠れて、十櫛はどうしたものかと頭を抱《かか》えた。見つからずに戻るなんてとても無理だ。しかし素直に誰かに姿をさらし、迷ったと打ち明けるわけにもいかない。むしろそれだけは絶対に避けねばならなかった。許しなく歩き回ったと知られれば、兜坂に仇《あだ》をなす策略を企《くわだ》てていると邪推されても言い訳できないではないか。

（そもそも邪推でもなんでもなく、真実であるわけだからな……）

十櫛は四位の木にもたれかかり、重い息を吐きだした。

事実、十櫛の祖国八杷島は、この兜坂国を陥れようとしている。滅国《めっこく》の運命を肩代わりさせようと必死なのだ。

そしてその企てに、十櫛自身もしぶしぶながら加わっている。よってここで捕まり、拷問でもされることになると非常に困る。

しかして十櫛は腹をくくり、かえって林の奥へ急いだのだった。出ていったら見つかるのなら、ほとぼりが冷めるまで隠れているしかない。

急いで隠れ処を見つくろい、なんとか探しあてた薄暗い洞穴のうちがちょうどよいと身を潜めた。だがまったくついていないことに、今度は女官らしき娘が、兎を探しているだのなんだの言ってこの洞穴目指してまっすぐに駆けてくるではないか。

さらには娘を追うように男までがやってくる。どこぞで見た顔だな、と考えて、十櫛は ますます青ざめた。

(あれは王弟《おうてい》の二藍ではないか。なぜまたこんなうら寂しいところにいるのだ)

二藍は切れ者だと知られている。しかもただびとではなく、心術で人の心を操ることができる、神気のいと濃き神ゆらぎだ。そんな男に見つかって疑われ、心術で尋問されたらひとたまりもない。十櫛はここにいる理由どころか、祖国の謀《はかりごと》まであけすけに話してしまうだろう。

(見つかれば万事休すだ。あっちへ行ってくれ、頼むから)

十櫛は袖で頭を覆い隠し、祈る気持ちで身をかがめた。

しかし願いむなしく、娘は今にも洞穴に踏み入ろうとしている。ああだめだ――と、十櫛はいよいよ覚悟した。

だが、いつまで経っても女官の娘の足音は響いてこない。

どうしたのかとそろりと窺えば、どうやら間際《まぎわ》で二藍が引《ひ》き留めたようだった。それも、やめよと上から命じるわけではない。大事だから、怪我をしてほしくないからと、妙に必死めいた声で頼みこんでいる。

十櫛はつい、袖の陰から二藍の様子をまじまじと見やってしまった。

（本当に殿下か？）

にわかに信じられなかったが間違いない。確かに洞穴の外にいるのは王弟の二藍である。

まさか、という思いが胸に広がっていった。十櫛の知っている二藍は、あんなふうに感情を露《あら》わにする男ではなかった。いつでもそつなくふるまってはいるが、その実、誰も信用していない、そういう冷ややかな男だった。

なのに今は、連れの娘とずいぶんと親しそうではないか。

（というより、嫌われまいと懸命だな）

見てはいけないものを見ているような気まずさをおぼえて、十櫛はふたりから目を逸《そ》らした。

にしても、同行している娘はいったいどういった立場の者なのだろう。兜坂では神ゆらぎは厭《いと》われるはずだが、娘にその様子はいっさいない。

（そもそもこの娘、羊歯に邪魔されて顔もよく見えないが、装束《しょうぞく》や立ちふるまいから考えるに下級女官だろう）

それが、ひと月もすれば王太子ともなる男と対等の口を利《き》いているとは。

二藍はこの娘をよほど信頼しているのだな、と考えかけて十櫛は首を横に振った。

（いや、むしろこれは、あれか）

光にくらむ洞穴の外に目をやれば、二藍と娘の去ってゆく姿が見える。気づいてみればもう、男女の影は主とそれに仕《つか》える女官のものにはとても思えない。

そういうことなのだ。

「まったく、参ったな」

何度か息を吐いてから、洞穴の壁にもたれて十櫛は独り笑いを漏《も》らした。

「殿下があの様子では、我が八杷島の企みは難儀するやもしれぬではないか」

八杷島は自国の滅びを回避するため、ほどなく兜坂を滅亡に追いやるつもりだ。そして企《たくら》みに与《くみ》する八杷島の者たちは、そう手こずらずに成功するだろうと考えている。この謀《はかりごと》は、二藍が誰にも理解されぬと孤独に苛《さいな》まれ、絶望していればいるほど容易《たやす》く果たせるものなのだ。

そしてどこから見ても、今までの二藍はそういう男だった。孤独で、生に執着する様子はすこしも見られなかった。なれば簡単に八杷島の策略に屈するはずだと、十櫛でさえ疑っていなかったのだ。

（だがもしかしたら、そうはならぬかもしれぬ）

八杷島は失敗するかもしれない。兜坂に企みを打ち砕かれるかもしれない。すくなくとも今の二藍の様子だと、容易に成るとも思えない。

——だとすれば。

胸のうちで、どくりと心の臓が音を立てる。

（まだ、間に合うかもしれない）

十櫛はそう、初めて思った。

万に一つかもしれない。だが心に秘め続けていた真なる願いが成就《じょうじゅ》する未来が、ありえるかもしれない。まったくの夢物語ではないはずだ。現に二藍は変わった。十櫛がこうしてなんの声もあげられず、ただ流されて、無為に刻を過ごしているあいだにさきへ進んだ。ならば遅くはない。兜坂と八杷島、両者が救われる行く末はある。十櫛がこの身を捧げることさえできるのならば——

しかし十櫛はすぐに、つい意気込んだ自分をおおげさに笑い飛ばした。

「わたしごときが、なにを変えられるというのか」

馬鹿げている。兜坂と八杷島、どちらかが必ず滅びるさだめなのだ。どちらも生かすなど、どうやっても叶わない。そしてそのとき滅びるのは兜坂のほうだ。玉盤神《ぎょくばんしん》の真実も、二藍を待つ恐ろしい末期《まつご》も知らない知恵なき国だ。

十櫛がほんの少々足掻《あが》いたところで、結末はなんら変わることはないだろう。

（しょせんわたしに、なにごとかを成せるわけもないのだよ）

一瞬見た夢をなかったことにして、自嘲しながら立ちあがった。馬鹿げた夢想に心を割く暇《ひま》があるのなら、早く帰り道を探さねば。

そろそろふたりは去っただろうかと外を窺うと、まだ影がくっきりと見えている。苦笑しながら、十櫛はなんとはなしに洞穴の奥を振り返った。

そしてぎょっと息を呑みこんだ。

暗闇の奥に、赤く光るものがふたつ浮かんでいる。ほんのわずかに上下する。呼吸に合わせるように動いている。

目玉だ。

赤く光る、巨大な双眸《そうぼう》が十櫛を見つめている。

思わず腰を抜かしそうになって、かろうじて壁に背を預けた。

「何者だ?」

ささやくように誰何《すいか》するも、返事はない。やがて目が慣れて、ぼんやりと、赤い瞳の持ち主の輪郭《りんかく》が定まってきた。

洞穴にはまりこんだように丸まっているのは、とてつもなく大きな白兎だ。

そういえば、と十櫛は今さらながら思い出した。さきほど二藍たちは、兎がどうのと言っていた。てっきり神饌《しんせん》にする獲物でも追っていると思っていたが。

「神だったか……」

――これは、さらに困ったことになった。

壁に張りついたまま、十櫛は冷や汗を流した。今洞穴を出ていくわけにはいかない。足の遅い十櫛は、すぐさま誰かに見つかってしまうだろう。

とはいえこの大兎とここにいてもいけない気がする。

(今にも暴れて、喰われたり、押しつぶされたりしたらどうする。さすがにこんなところで惨《みじ》めに死ぬわけには――)

とまで考えて、十櫛は青くなっている自分が無性におかしくなった。

「……いや、構わぬな。生きていたってそう意味もない」

むしろ誰かに見つかり咎《とが》めを受けるよりは、ここで人知れず神に殺されたほうがはるかに上出来なのだ。秘密は守られ、祖国に迷惑をかけずにすむのだから。

(だいたい生き延びたところでどうする。なにか為《な》したいことがあるとでもいうのか?)

ない。兜坂も八杷島も、十櫛を信頼などしていない。結局十櫛のような男は、誰にも真の輩《ともがら》とはみなされない。どこにも居場所はない。

ならばせめて今ここで、誰にも迷惑をかけずに死ぬ。それでいい。

十櫛は妙に軽やかな気分になって、穴の底で縮こまっている大兎へ近寄っていった。

「なあ兎神よ」

あまりに巨大だが、かわいらしい顔つきをしている。丸い鼻先がひくひくと動いて、十櫛を不思議そうに眺めているようにも感じられる。

「世話になった国を裏切った上、その国が滅びるのを見届けるよりは、これは立派な最期《さいご》だと思われぬか?」

兎神は目を細めた。肯定された気がして、十櫛は神の首元に腕を伸ばす。白い毛に覆われた身は見るからにやわらかそうで、十櫛を誘っている。新雪のように透きとおっているから冷たいかと思ったら、触れれば温かかった。

引き寄せられるように、雪原のごとき白に全身をうずめた。冷えた身体がぬくもりに満ちる。あまりに心地よくて、皮肉な笑いが込みあげた。

「兜坂の神というものは、兜坂を裏切っている男にさえ熱を分け与えてくれるのか? まったく人がよいことだ」

兎の神は、なんの言葉も返さない。ただゆっくりと、呼吸に胸を上下させるだけだ。

だがそのうちに、兎の真っ白な毛がほのかに光を放ちはじめたのに十櫛は気づいた。この不思議な光はなにかを思い出させる。そうか、晴れた月夜に見る、庭に積もったまっさらな雪の輝きのようだ——と思ったとき、十櫛の脳裏に幼いころの記憶が蘇《よみがえ》った。

冬のさなか、満月の夜のことだった。

——どうしても十櫛さまにお見せしたくて。

兜坂の人だった乳母《めのと》はそう言って、幼い十櫛を簀子縁《すのこえん》に連れだした。なにごとかと眠い瞼《まぶた》をこすっていた十櫛はすぐに目を、丸くした。

庭は一面の白雪だ。月の光を受けて、ほのかに輝いている。まるでおのずとやわらかな光を放っているようで、この世のものとも思われぬ絶景だった。

言葉もない十櫛の頭を、美しいものでございましょう、と乳母はやさしく撫でてくれた。そして、しごく大切な秘事を打ち明けるがごとくささやいたのだった。

——この光景をご覧になれる八杷島の御方は、あなたさまだけなのですよ。これは十櫛さまだけの特別、わたくしどもと十櫛さまの秘密でございますよ——

寄る辺《べ》ない幼子を慰《なぐさ》めようと微笑む乳母の横顔は、雪よりなにより美しかった。

「……なあ神よ」

十櫛は、頰をくすぐる和毛《にこげ》に笑いをこらえながら願った。

「わたしを喰ってくださらぬか？」

この国の滅びに手を貸したくない。かといって祖国も裏切れない。どうしたらよいのかわからない。

背を丸めた兎はなにも答えてくれはしない。十櫛は、神に救いを求めるなどという馬鹿げた考えに至った自分がおかしくて目をとじた。心地よいから、このまま眠ってしまおうか。なにひとつままならない。神でさえ楽にはしてくれない。もうどうにでもなればよい。なにもかもが面倒だ――。

ふいに、ぐらりと兎の身が揺れた。

十櫛は危うくつんのめりそうになって、とっさに兎の胴体に手をつき自分の身を支えようとした。しかし触れた肌は今までとはまったくの別物になっていて、まるで水に手を突っこんだように張りがない。とても獣の肌触りではない。

ぞっとして、はじかれるように身を引いた。

「なんだ」と言いかけ息を呑む。

いまや兎の白き巨体は、はっきりと光り輝いていた。月夜の雪原どころか、雲ひとつない青空の下にある、眩《まぶ》しい白雪の色をしている。思わず額に手をかざして目をすがめれば、直視も叶わぬ光のうちで、兎神がこちらを振り返ったのがわかった。

兎の神は大きな赤い瞳で、ほんのいっとき十櫛を見つめる。

そして次の瞬間、白く輝く身体ははじけ飛んだ。

水の底から泡が湧きたつように、幾千、幾万の輝く小さな兎に分かたれた。

その輝く小兎たちは、驚く十櫛の足元を奔流《ほんりゅう》のごとく駆けぬけて、一斉に、脇目も振らずに洞穴の出口へと殺到する。押し合いへし合い列をなし、外へと飛びだしてゆくその後ろ姿を、十櫛は目をみはって追いかけた。

外へ飛びだした小兎は次々と地を蹴った。そしてそのまま、見えない羽でもあるかのごとく空へと飛んだ。数えきれないほど群れをなして、枯れ木立を縫って、青空にのぼってゆく。高い空を、勢いを増す雪解け水のように飛沫《しぶき》をあげて駆けてゆく。

陽を浴びるその姿は、解けゆく寸前の雪に似て眩しく白い。

やがて空にのぼった兎たちは、彼方《かなた》で四方へ散っていった。真っ白だった身は透きとおり、最後にちらときらめいて、空の青に吸いこまれるように消える。

十櫛はただ、その光景に目を奪われていた。

＊

松明を手に野を戻っていると、綾芽が「あ」と声をあげた。

「どうした」

「あれ」

空を仰いで目をみはっている。同じく顔をあげた二藍も息を呑みこんだ。林の向こうから、光が空に向かって伸びている。よく見れば、小さな兎が空を目指して駆けているのだ。

「二藍、あれはもしかして――」

目を離せないでいる綾芽に、二藍もうなずいた。

「雪神が解けたのだな」

洞穴の奥に隠れていた神が解けてはじけて、数多の小さな兎に変じた。それが空を駆けてゆくところだ。

「じゃあ、祭礼は成功したってことか？　これで青垣の山の雪は解けるのか？」

「そうなるだろう。ほどなく雪は解けて水となり、地下に流れこみ、新たな神酒を仕込むころには清純な井戸水となって斎庭《ゆにわ》を潤す」

「ほんとか？　よかった」

安堵の笑みを見せてから、でも、と綾芽は首をかしげた。

「いったいどうやって神は解けたんだろう。あの光が生じているあたりは、さっきの洞穴だろう？　まだ誰も触れてないはずなのに」

さてな、と二藍は眩しい空に目を細めた。二藍にも詳しくはわからないが。

「さきほどの洞穴には、実際熊でも潜んでいたのではないか？」

「え、本当に？」

あなたの忠告を聞いておいてよかった、と綾芽は肝《きも》を冷やしたように胸を押さえた。

「でもそうだとして、熊に神を解かすことなんてできるのか？」

「わからぬが……熊もこの世に生きるものには変わりないならば、まったくできぬとも言えぬだろう。むしろ余計な邪念がないゆえ、人より適任なのかもしれぬ」

「邪念？」

「実はあの雪神は、己に近づく者の焦りや苛立《いらだ》ちを敏感に察知するのだ」

数拍意味を考えるそぶりを見せてから、綾芽はばつが悪そうに二藍を見た。

「……つまりあの神は、わたしが焦ってることに気づいていた。だからあれほど逃げたってわけか。わたしの気合いは、全部裏目に出ていたんだな」

「違う、悪かったのはすべて――」

と言いかけて二藍は口をつぐんだ。綾芽の瞳はもう、空をゆく兎のほうへ戻っている。眩しく空を仰いでいる。二藍は黙って佇《たたず》んだ。下手《へた》に声をかけて、この美しい横顔を壊したくはなかった。

やがて綾芽が惜しむようにつぶやいた。

「ああ、ほとんど消えちゃったな」

青空に残るのはもう、春めいた雲の筋だけだ。

そうだな、と相づちを打ちながら、二藍はもう一度言葉を探した。

「綾芽」

「なんだ?」

「昨日は悪かった。粗相をしでかしかけたのは、お前ではなくわたしだった」

意を決して声をかけると、え、と綾芽は驚いた顔をした。

「なんの話だ。粗相をしたのはわたしだよ。だから今日も焦ってたんだ。早く挽回しないと、あなたに本当に嫌われてしまうと思って」

今度は二藍が驚く番だった。

「なにを言っている。お前がいつ粗相をしたのだ」

「いつって……わたしは昨日、あなたの盃に無理やり酒を注ごうとしただろう? あなたの気持ちも考えず、その、無理強《じ》いしたんだ。あなたはきっと、本当は酒を飲まない。そうだろう? 思い至らなくて、嫌な気分にさせてごめんなさい」

二藍は狼狽《ろうばい》した。なんと答えればよいのか。

「違う、お前の気持ちは嬉しかったのだ。迷惑でもなんでもないし、嫌な気分になどなっていない。すべてはわたしが、酒を嗜まぬ理由を伝えなかったのが悪い」

「だけど──」

「ゆえに今言わせてくれ。わたしが酒を口にしないのは、神ゆらぎだからだ」

「……どういう意味だ」

戸惑う綾芽の前で、二藍は目を伏せ扇《おうぎ》をひらいた。ここからは、とても面と向かっては告げられない。

「酒の力を借りずとも、昨夜のように決意が揺らいで、己を律しきれなくなるときがある。そのうえ酒まで飲んでしまえば、前後をなくしてお前を傷つけないとも限らない。だから飲まぬのだ」

聡《さと》い綾芽は、すぐに二藍が言わんとしているところを悟ったようだった。綾芽の目に浮かぶのが哀れみなのか呆れなのか見極めるのが怖くて、二藍は扇をかざし、この話はもう終わりとばかりに歩きだす。

「さ、戻ろう。造酒司《みきのつかさ》を早く安心させてやらねばならぬからな」

「なあ二藍」

立ちどまっていた綾芽が、急に追いかけてきた。二藍は振り向かずに答える。

「なんだ」

「早く人になる方法を見つけて、人になって、それで一緒に酒を飲もうな。あの神酒、本当に美味だから」

つい綾芽に目を向けてしまった。

満面の笑みが見つめている。迷いなく、曇りもない目が。

二藍は綾芽を諭《さと》そうとした。そう言ってくれるのは嬉しい。だが無理なのだ。夢のまた夢だ――。

結局やめて、「そうだな」と扇の陰から笑みを返した。

今日だけは、今だけは夢に酔ってもいい。そんな気がした。

＊

露に濡れた野を踏みしめ十櫛は歩いていた。いつのまにか林を抜けて、見咎められない場所まで戻ってきたようだ。誰にも見つからずに帰ってこられたのは、兎の神が導いてくれたからかもしれない。

十櫛の脳裏には、空をゆく輝く兎の群れの姿が鮮やかに焼きついていた。

寄る辺なき暗闇を飛びだして、空に跳ねていった冬兎。

――まだ、諦《あきら》めるのは早いのだ。

心の底からそんな思いが湧きあがり、十櫛は拳に力を入れた。

ふたつの国を巻きこむ濁流の中では、十櫛など藻にも満たない存在だ。だがそのつまらぬ身にだって、流れをすこしばかり変えることはできるかもしれない。

それが大きなうねりとなって、新たな道を拓《ひら》くかもしれない。

心に秘めた望みが叶うかどうかは、為してみねばわからないのだ。

――そうだ、足掻けばいい。

傾いていく冬の陽に目をすがめながら、十櫛は固く決意した。

そのためならば、心術すら操ってみせる。あの力を八杷島でも兜坂でもなく、両者のため、自分自身のために使いこなしてみせる。

（まずは斎庭《ゆにわ》で、わたしの意のままに動く女官をひとり、見つくろわねば）

暮れゆく空は晴れ渡っていた。

あずまのこいし

ものをあまり持たない綾芽《あやめ》だが、小さな手箱をひとつ手元において、大切な品をしまいこんでいる。たとえば親友の骨が入っていた甕《かめ》のかけら。二藍《ふたあい》と交わした文《ふみ》や手習いの見本。大君《おおきみ》に賜《たまわ》った櫛《くし》や、先輩女官たちがくれた化粧の道具に、友人の須佐《すさ》からもらった箸《はし》。どれもみな、誰かと綾芽を繋ぐかけがえのない品だ。

先日そこに、新たに加わったものがある。

小石だ。

白みがかってざらざらとした、丸っこい、どうってことのない石ころである。

これが今、綾芽をたいそう悩ませている。

石ころを手に入れたのは、初夏のほっそりとした月が美しい晩だった。

その夜綾芽は、搗栗《かちぐり》を届けに二藍のもとへ向かった。高坏《たかつき》を捧《ささ》げ持ち、ぴたりとおりた御簾《みす》のさきへ「二藍さま、ご所望《しょもう》のものをお持ちいたしました」と下級女官らしく控えめに声をかければ、「入るがよい」と穏やかな声が返ってくる。

綾芽は笑みを浮かべて、光の漏《も》れる御簾のうちへ入りこんだ。

高燈台《たかとうだい》の灯火の傍《かたわ》らで、二藍は肩に衣《ころも》を打ちかけ、くつろいだ様子で座っていた。前に大きな紙を広げている。「よく来たな」とちらと綾芽に笑みをやると、すぐにそちらに目を戻した。なにやら作業の途中らしい。

紙の上には、さまざまな色や形の小石が山となっている。二藍はそれをひとつひとつ手にとって、より分けているようだ。

「なにしてるんだ？　ひとりで石崩しの遊びか？」

人払いがされているのを確かめてから、綾芽はふたりきりのときだけ使う、気安い調子で尋《たず》ねかけた。

そうではない、と二藍は手をとめずに笑う。

「吾妻山《あづまやま》で、玉《ぎょく》が採《と》れると知っているか」

「いちおうは。交易の品として重宝してるんだろう？」

吾妻山で質のよい硬玉と軟玉が得られるのは、綾芽も承知している。珍重されるそうで、吾妻の玉といえば、長らく兜坂国《とさかのくに》の交易を支える柱だった。

だが近頃は、めっきり手に入らなくなって困っているとも聞いていた。玉には鉱脈というものがないという。偶然見つかった巨石を採りつくすと、手がかりを失ってしまう。

「これはその玉を生む吾妻山の山体をなす、さまざまな種の岩のかけらでな」

二藍は言いながら、いくつかの石を手早く傍らの竹籠《たけかご》に移した。必要のない石をそちらに捨てているようだ。

「さまざまな見目の石が混じっているだろう。白いの黒いの、形も丸からとがっているものまで。吾妻山とは、このような数多《あまた》の岩を身に抱いた山なのだが――」

ふいに二藍は、妙に角ばった石を拾いあげた。真剣な面持《おもも》ちでその肌に指をすべらせたと思えば、灯火にかざして目をすがめる。やがていたく嬉しそうな顔をした。

「これは質のよい硬玉だな。なめらかで、身がつまっている。炎の光をよく通す」

ほら、とさしだされて、綾芽も石の表面を撫でてみた。確かに引きしまっている。ひやりと冷たい気もする。

「……もしかして、この小石の山のうちから玉を探していたのか？」

「そうだ。どうやら吾妻山は、まだその身に優れた玉の塊《かたまり》を隠しているらしい」

助かったと笑みを漏らし、二藍は再び石の山を選別しはじめた。

なるほど、と綾芽は、二藍のねらいを理解した。

(この小石は、神招きで得たものなんだな)

斎庭《ゆにわ》の人々は、玉が採れなくなって窮《きゆう》した太政官《だじようかん》の要請で、吾妻山の神を招きもてなしたのだろう。そして二藍はその神招きで手に入れた、吾妻山を成すさまざまな岩の見本を吟味《ぎんみ》して、まだ彼《か》の山から質のよい玉が採掘できるか推《お》しはかっている。

――くつろいでいるのかなと思ったら、やっぱり働いているのか、このひとは。

綾芽はおかしくなって身をかがめた。

「わたしも手伝うよ」

「せっかく来ただろうに悪いな」

「悪いものか。わたしも斎庭の女官のひとりだよ」

それに綾芽は、二藍の力になりたいのだ。いつでも、どんなときも。

「といってもわたしには、あからさまに違う石をよけるくらいしかできないけど」

「充分だ。ありがたい」

と二藍は、綾芽のための円座《わろうだ》を用意してくれた。

ふたりで手を動かすと、山のようにあった小石はいつしか減って、下に敷いた紙の色が見えるようになった。次第に難しい石ばかりが残っていくので、綾芽は手を引き二藍の選別を眺める。二藍の手は相変わらず迷いなかったが、ふいに玉らしき石を竹籠に捨てたので、綾芽は驚き拾いあげた。

「待って、これは玉だろう？」

白地に鮮やかな緑が混じって、つるつるとなめらかだ。二藍も疲れてきて、つい間違ったのだろうか――などと思っていると、二藍はおかしそうに首をかしげた。

「わたしがぼうっとしていたと思っているな。そうではない、それは偽物《にせもの》だ」

「偽物？」

「玉によく似た石だが、玉ではない」

まさか。どこから見ても硬玉ではないか。首をひねっていると、二藍は本物の硬玉を横に置き、照らし合わせながら教えてくれた。捨てたほうの石は角が丸いし、緑も濃すぎる。ゆえに玉ではない。確かに言われてみると違う。今の綾芽には見分けられそうにもないが。

「このような偽物は、狐石《きつねいし》と呼ばれたりもする」

「きつね？　獣の狐のことか」

「そうだ。古《いにしえ》の時代、狐は人に化けて悪さをすると言われていた。この石もそれに倣《なら》い、価値なき石でありながら玉の真似事をして人を惑《まど》わせるとして、狐石と蔑称《べっしょう》で呼ばれるのだ。なんというか――」

二藍は息を吐きだすように笑った。その横顔が寂《さび》しげに見えて、綾芽はそっと、袖《そで》が触れ合うくらいに身を寄せる。

「どうしたんだ」

「いや」

結局ややあって二藍は続けた。「偽物と誹《そし》られうち捨てられるばかりの石は、さぞ惨《みじ》めだろうと思ってな」

綾芽はなんと言えばいいのかわからなくなって、口をつぐんだ。二藍がこの狐石と、神ゆらぎたる自分を重ねていると気づいたのだ。

人心を操る恐ろしい術を使い、人の姿をしていても人ではない。ずっと孤独で、疎《うと》まれてきた。春宮《はるのみや》でありながら通称で二藍と呼ばれ、冠も戴《いただ》けず、己《おのれ》が人ではない現実を突きつけられてきた。

――似ているけれどまったく違う。本物にはなれない。価値もない。

二藍は狐石ではなく、自分自身のありようこそを惨めだと嗤《わら》ったのだ。

その苦しい心は綾芽にも理解できるし、覚えだってある。生まれてすぐに両親を亡くし、郡領《ぐんりょう》に引きとられて育った綾芽も、結局最後まで一族の一員にはなりきれなかった。

けれど。

「なにを言ってるんだ。あなたらしくもないな」

綾芽は笑い飛ばして、搗栗の載《の》った高坏を引き寄せた。

「狐石が自分を惨めと感じてるわけがあるか。なんにも思ってないよ、石なんだから」

搗栗をひとつとり、「ほら、食べよう」と二藍の鼻先に突きだしてみる。面食らっているようだから、まずは自分の口に放りこんだ。「甘いよ」と微笑んでから言葉を続ける。

「そもそも玉に価値があって狐石にないなんて、人の勝手な理屈にすぎないだろう？　人の理屈で天地万物を判じてはいけないって教えてくれたのは、あなたじゃないか」

神招きのなんたるかを知らなかった綾芽に、二藍は何度も説いてくれた。己《おのれ》の心に神を見てもよい、だが神に己の心を映すな。冷静にあるがままを見定めよ。それでこそ打つべき手が見えてくるのだと。

「それに」と綾芽は、黙っている二藍の掌《てのひら》に搗栗を載せる。

「誰がなんと言おうと、わたしは狐石を美しいと思うよ。だからわたしの心のうちでは、狐石はすこしも惨めじゃない。どんなことがあっても、ずっと、一生大切にする」

だから苦しまないでほしい。

勢いこんで言いきると、二藍の瞳がわずかに緩《ゆる》んだ。「そうか」と掌の上の搗栗に目を落として、ゆっくりと口に運ぶ。

「確かに甘いな」

それからおもむろに、捨てた石からごくごく小さなものを選んで綾芽の掌に置いた。狐石でも、玉でもない。ひらたくころりとした、ざらついた手触りの小石。

「……これは？」

綾芽が首をかしげると、

「わたしの心だ」

と二藍はやわらかに告げた。

二藍の心。それがこの石ころ？　と綾芽はますます困惑《こんわく》したのだが、なんとなくそれ以上は問えず、あやふやな笑みを返した。


——そうして結局、その真意がわからないまま今日《こんにち》に至るわけなのである。

自分の室《へや》で几《つくえ》にぺたりと顎《あご》をつき、綾芽は指につまんだ石ころを睨《にら》んだ。

（変な意味ではないと思うんだけど）

あの言い方からして、綾芽を傷つけるつもりはないはずだ。とはいえ真意がいっさい掴めず、こうして暇《ひま》を見つけては件《くだん》の石をとりだし悩んでいる。

丸っこくて、触ると指がざらざらとする。目の細かい砂がぎゅっと押し固められただけの石に見えるし、玉のような価値があるとは感じられない。二藍はなにが言いたかったのだろう。

（なんだかすぐ削れそうな石だし、脆《もろ》いなにかのことを喩《たと》えたのかな）

そうであるならあまり嬉しくない。なぜなら脆きものとしてまず思い起こされるのは、綾芽と二藍の夫婦としての関わりなのだ。神ゆらぎである二藍は子をなせないから、ふたりは形ばかりの夫婦である。それどころか、いつか綾芽は二藍のもとを去り、別の男と子をなさねばならない。

二藍は、このはかない縁は遠からず断ち切られると嘆《なげ》いたのだろうか。

しかし綾芽は、すぐにこの悲しい考えを頭から振りはらった。

まさか。綾芽はそんなさだめを受け入れる気など毛ほどもない。どんなに夢物語であろうと、いつかは二藍を人にする方法を見つけだし、ともに幸せになると誓っているのだ。そんな綾芽に脆い絆《きずな》を示す石を渡すだなんて、さすがの二藍だってしないだろう。だからあれはもっと別の意味だ、そのはずだ。

考えに考え、ようやく次の案をひねりだした。

（実はこの石にも別名があるのかもしれないな。狐石と違ってよい意味で、二藍はその意味を踏まえて渡してくれたとか）

こちらのほうがいいし、ありえるな、と綾芽は思った。だとしたら、恥ずかしがらずに訊《き》けばよかった。学のなさに少々負い目を感じてしまい、あやふやなままやりすごしたのが悔やまれる。二藍は綾芽の無知を笑う男ではないから、尋ねたって構わなかったのだ。

とはいえ今さら、聞くに聞けない。

頭が痛くなるくらい考えてから、綾芽は観念して立ちあがった。

「だめだ、人を頼ろう」

斎庭《ゆにわ》にやってくるまでろくに読み書きもできなかった綾芽が、王弟《おうてい》として育った都人《みやこびと》中の都人である二藍の含意《がんい》をうだうだと悩んでも土台無茶なのだ。ならばもう、助けを乞うしかない。

「石に別名があるか知りたい？」

「実はとある御方に石をいただいたのですが、その含む意味がわからずじまいで」

大君の一の妃《きさき》にして、斎庭の主《あるじ》・妃宮《きさきみや》として君臨する鮎名《あゆな》は、なるほどと繧繝縁《うんげんべり》の上で袖を合わせた。

「どれ、実物を見てみよう。持ってきたんだろう？」

にこりと笑みを向けられて、綾芽は胸をなでおろした。忙しい鮎名をわずらわせるのはどうなのかと悩んだのだが、都人で、かつ綾芽と二藍の真の関係を知っていて、そのうえこの、少々恥ずかしいわたくしごとの相談にも快《こころよ》く乗ってくれる人物などそうそういない。

急いで懐《ふところ》に潜《ひそ》ませていた包みをひらき、期待を込めてさしだす。鮎名はしげしげと眺めて、顔をわずかにしかめた。

「これは……おそらく砂石だろうが」

「すないし、ですか」

「そうだ。はるかな昔に、小さき砂が集まり固まって、石と化したものだったはず」

やはり砂が押し固まった石だったか。綾芽はうなずいた。それで、肝心の別名は？

鮎名は困ったような顔をした。

「砂石には、特別な名などないと思うが……常子《つねこ》はなにか思いあたるか？」

と傍らに控えていた、女官の長たる尚侍《ないしのかみ》の常子に問いかける。だが常子も困惑の表情で首を振るばかりだ。

「そうですか……」

と、落胆した綾芽を見かねてか、「ですが」と常子は急いで口をひらいた。

「高花《たかはな》のおん方はご存じかもしれませんよ」

二の妃である高子《たかこ》の名をあげる。すぐに鮎名も膝《ひざ》を打った。

「確かにそうだ。高子殿は故実《こじつ》に明るいし、石に関わる祭礼を取り仕切っているから、なにか知っているかもしれない。高子殿に尋ねてみるとよいよ、綾芽」

なるほど、高子さまか。

「伺《うかが》ってみます、ありがとうございます」

綾芽はぱっと顔を輝かせて、ふたりに厚く礼を言った。

（さっそく高子さまに、会ってくださるようにお願いしよう）

そう思えば、御前《ごぜん》を辞す足どりもおのずと軽くなった。

「……なあ常子」

一方の鮎名は、綾芽の姿が柱の陰に消えるや常子に気まずげな顔を向けた。

「あの石はもしかして、二藍が贈ったのかな」

「疑う余地もなくそうかと」

答えた常子の声にもやはり、ばつの悪さが含まれている。どうやらお互い、二藍の意図を察しているようだ。

「まさか二藍がそのような品を渡すとは。あれも頑《かたく》なに見えて、揺らいでいるのだな」

「ですが、肝心の意味が伝わっていなかったのならお話にならないのでは」

「……わたしが綾芽に二藍の真意を明かしてやったほうがよかったか？」

「無粋《ぶすい》ですよ。あなたがもっとも不得手《ふえて》とする類《たぐ》いの話でしょうに。それにこれこそ、二藍さまご自身がお伝えすべきことでしょう」

「まあ、そうか」

「心配なさらずとも、きっと高花のおん方がうまくとりなしてくださいますよ」

だといいが、と鮎名は脇息《きょうそく》に頬杖《ほおづえ》をついた。

「高子殿のことだ、かえって明後日《あさって》のほうへゆく気もするな……」

「あら、これは吾妻山で採れる砂石ですね」

綾芽のさしだした石を見たとたん、高子はすらすらと答えた。「砂石にもいろいろございます。色はこのように青みがかった白から赤まで、砂のつぶの大きさもさまざま。吾妻の砂石は質がよいのですよ。彼《か》の地では国府にも使われております」

綾芽は内心舌を巻いた。さすが、石に関わる祭礼を取り仕切るだけはある。ならばと期待も高まった。高子なら、この謎を解いてくれるかもしれない。

「さて肝心の、吾妻の砂石の別名とやらですが」

高子の声に、「はい」と身を乗りだす。

「ございません、そのようなもの」

雅《みやび》やかな声で断言されて、綾芽はうっかり「そんな」と叫びそうになった。

「ないのですか？　でも……」

ではなぜ二藍は、砂石を渡してきたのだ。

うなだれた綾芽を見やり、高子はおもむろに檜扇《ひおうぎ》をぱらりとひらいた。

「綾《あや》の君《きみ》、はっきりとお答えなさい。その石、春宮《はるのみや》があなたに手渡されたのでは？」

綾芽はもう藁《わら》にも縋《すが》る思いで、はい、とうなずいた。

「二藍さまは、この石が自らのお心だと仰《おつしや》ったのです。ですがわたしはそのご真意を汲《く》めないままに、今日までできてしまって」

「ははあ」と高子は、なにやら得心《とくしん》したように息を吐く。と思えば檜扇の陰から目だけを覗《のぞ》かせて、「綾の君、わたくしの祭礼を手伝われます？」と急に尋ねてきた。

「祭礼……どういった類いのものですか」

「簡単なものでございますよ。ちょうど明日、その石を生んだ吾妻の山神を招くのです。まあ、あなたでも充分に役目はこなせますでしょう」

話の流れが読めない。とはいえ神招きに関わらせてもらえるのはありがたいから、綾芽は「ぜひに」と頭をさげた。

どうやら吾妻山のどこかには、まだ質のよい玉が埋まっている。それでその在《あ》り処《か》を調べる祭礼を執り行う運びとなった。神を招く祭主は高子が務めるが、玉の所在を知るためには、神とちょっとした遊びをせねばならない。その相手を綾芽に頼みたい。

高子の求めは、このようなことだった。

「難しいものではございませんし、春宮もお許しになりますでしょう？」

「無論、綾芽が為《な》すと決めたならば、わたしが否《いな》と申すわけもございませんが」

高子の妻館《つまだて》で詳細を聞いた二藍は、「ですが」と窺《うかが》うように御簾ごしの高子を見やった。

「なぜ、綾芽に任せようと思われたのです」

高子と二藍は気が合わない。高子のほうから綾芽を祭礼で使うと言いだすのは初めてだ。

「あら、綾の君はすばしこいし、賢いから適任でしょう?」

高子は鈴を転がすような笑い声を漏らして、「それに」とつけ加えた。

「綾の君は小石のことがどうもよく解せないのですって」

「石ですか」

「石ではなく、小石です、春宮」

にこやかに強調するので、綾芽は二藍の隣で内心慌《あわ》てた。綾芽があの石をもらった意味がわかっていないと、二藍にばれてしまうではないか。ちらりと盗み見ると、二藍はなんとも苦い顔をしている。そのうち扇を広げて、顔の前にかざしてしまった。

「ですから吾妻山の神との遊びには春宮、あなたさまも参じられませ。そして小石のことをきちんと、はっきりと教えてさしあげなさい」

「……お気遣《きづか》い、痛み入ります」

二藍は扇で顔を隠したまま、気まずげに答えた。高子は満足そうだ。さあ、と手を叩く。

「神がお越しになります。支度をなさい」

拝殿《はいでん》で神を呼ぶ高子と別れ、綾芽と二藍は山神との遊びの場となる三重塔《さんじゆうのとう》へ向かった。この古い塔はすっかり色が剝《は》げて、ところどころが歪《ゆが》んでいる。神招きに用いるのも久々と聞いたが大丈夫なのか、と思っていると、並んで歩いていた二藍が、ぼそりと綾芽の名を呼んだ。

「先日のあの石のことだが」

綾芽は跳ねるように姿勢を正した。やはり気づいたか。だったらもう仕方ない。観念して打ち明ける。

「ごめん。わたし、あなたが砂石をくれた意味がわからなくて、高子さまにいろいろお尋ねしたんだ」

「そうか。いや、気にするな。あの石のことは忘れてよい。たいした話ではなかった」

どうでもいいように言われて、綾芽は眉をひそめた。

「なぜ忘れろなんて言うんだ。もらった石は大切にしてるよ。これからも大事にする」

「待て、まだ持っているのか?」

二藍は驚いた顔をした。心外に感じて、「当然だ」と綾芽は語気を強める。

「あなたがくれたものをぞんざいに扱うわけがないだろう」

それも、自分の心だとまで言ったのだ。

「大切になどせずともよい。あの石自体にはなんの価値もないのだ。捨てて構わぬ」

「……捨ててもいいような石をくれたのか？」

「違う、誤解するな」

さすがにむっとした綾芽に、二藍は急いで声を被《かぶ》せる。

「じゃあなんだ」

「それは……」

と思えばまた言葉を濁す。なんなんだ、と綾芽は肩をすくめた。その態度じゃ不安になるじゃないか。

二藍は再び口をひらこうとして、つと拝殿を振り返った。風が変わったのだ。いよいよ吾妻山の神が、高子のもとに降りたったらしい。

「とにかく悪い意味ではない。吾妻の神との遊びが終われば、みな話す」

必ず、と念を押されて、綾芽はしぶしぶうなずいた。今聞きたいとも思ったが、為すべきことがあるから仕方ない。

塔の扉はがたついていた。ふたりで押したり引いたりしてようやくひらく。

「すえた臭《にお》いがするな」

「清められてはいるのだがな。塔そのものが腐っているのかもしれぬ。気をつけろ」

うなずいて中に入る。四方の格子窓《こうしまど》から光がさしこんで、思ったより明るかった。中央を太い心柱《しんばしら》が貫《つらぬ》いており、囲むように柱が四つ。隅には上層へ繋がる階《きざはし》もある。見慣れないのが床で、格子模様が描かれて、そこに都の路《みち》のように縦横《じゅうおう》に数がふられている。

「そろそろこちらに神が訪れるだろう。支度はよいか」

外の様子を窺っていた二藍に問われ、うん、と綾芽は、持参してきた籠を小脇に抱《かか》えた。うちには朱に塗られた小石がつまっている。

ふっと風が吹いた。

「来た」

二藍のささやきと刻《とき》を同じくして、古《いにしえ》の装束《しょうぞく》をまとった女の姿が現れる。麻《あさ》の衣を長くひき、背格好はまるで人。だが顔は神光《しんこう》に覆《おお》われ、目鼻だちはいっさい判じられない。

これぞまさに神の姿、吾妻山の神だった。

二藍とうなずき合ってから、綾芽は神の見えないかんばせへ向かって低く頭《こうべ》を垂れた。

「吾妻の山神よ。わたくし綾芽が、遊びの相手を務めましょう。ここにいと珍しき石がございます。拾い集めて楽しまれませ」

そうして朱塗りの石を籠からひとつとり、そっと足元の格子の交わるところに置いた。

吾妻山の神は人の言葉を解さないが、朱色の石には心惹《ひ》かれたようだった。綾芽のねらいどおりに、綾芽の置いた石へとゆっくり歩みだす。歩むたびに神の身からは別の石がこぼれて、足元にころりと落ちる。ひとつふたつ、みつよつと、歩いた跡を示すがごとく、格子の上に散らばっていく。さまざまな種類がある。黒石白石、角ばった石、玉の如《ごと》き石。そのうち玉らしき石が転がった位置を、二藍がすばやく手に携《たずさ》えていた扇に記した。

（なるほど。こうして玉の在り処を探すんだな）

慎重に神の道行きを見定めながら、綾芽は息を吐きだした。

この遊びは、山のどこかに埋もれている目当ての品を探しだすために編みだされたものだという。

遊びのあいだ、吾妻の山神は歩くたびに身から石を落とす。その落ちる場所は、三重塔を山と見立てたとき、ちょうど山中で本物の石が埋まっている位置と重なる。よって望みの石が転がった場所を控えておけば、実際の山での位置が察せられ、求める玉の在り処も知れる――そのような仕組みである。

やがて山神は、綾芽の置いた朱石の前にたどりつき、拾いあげて袖に入れた。すかさず綾芽は、次の石を北西の隅に据える。

「さあ、次はこちらにございますよ」

神は再び朱石を拾わんと歩みだした。その足元に、身に蓄えた小石が転がり落ちる。綾芽はしたたる汗を拭《ぬぐ》う。

神は足元にしか石を落とさないから、山のすみずみまで吟味《ぎんみ》したいのならば、山を模した塔内をくまなく歩き回らせなければならない。あまりに単調な道行きだと神が飽きるので、行きつ戻りつ石を置く。単純だが、気の抜けない遊びである。

長い時間をかけて、ようやく綾芽は山の麓《ふもと》に相当する塔の一層目、すみずみまで神を導いた。

「よくやった。この調子で上も片付けよう」

いたわるような二藍の声に励まされ、山の中腹にあたる二層目へ続く階《きざはし》をのぼる。二層目は狭いがゆえに難しく見えたが、為すべきことはまったく同じだ。そつなくやりとげた。

最後の山頂――三層目への階は急で、なんだか傾いていた。

神から目を外さず後ろ向きに階に足をかけた綾芽の背を、さきにのぼった二藍がはらはらと見ているのに気づいて、綾芽は不安になってきた。

「なあ二藍、この階、ちょっと軋《きし》んでないか？」

「腐りかけているのだ。気をつけ――」

気をつけろ、と二藍が言いかけたとき、綾芽は足元がぐらりと揺れるのを感じた。

しまった、踏み抜いた！

悲鳴が口をつくのと、二藍がとっさに腕を伸ばして綾芽の衣を摑んだのは同時だった。弾みで籠をとり落とす。朱色に塗った石がばらばらと落ちていく。慌てて引きかえそうとするも、いいから上へあがれと二藍に強く衣を引かれた。それで自分の体勢だけはどうにかたてなおして、三層に駆けあがる。そのころにはもう、二藍は急いた様子で傍らの重い板戸を引きずり、階に続く床の穴を塞《ふさ》ごうとしていた。

「なにをして――」

「綾芽、退《ど》け！」

目をみはっているあいだに、二藍は渾身《こんしん》の力で板を押しやり、階の開口部へ渡す。それから一拍もおかず、コン、とその板を下からなにかが打つ音が響いた。

板を叩く音はぽつりぽつりと続き、すぐに増え、ますます増え、いつしか叩きつける豪雨のようになった。

「これはなんの音だ。どうなってるんだ」

綾芽は急いで二藍のそばに寄った。近くで声を張らないと、板を打つ音にかき消される。

「お前がとり落とした石が神に当たってしまったのだ。それで神のうちで、我らと為す遊びが別のものに変じてしまったのだな」

見ろ、と二藍は、隅の床板の隙間《すきま》から階下を覗くように言う。垣間見《かいまみ》て綾芽は青くなった。二藍が塞いだ穴に向かって、吾妻山神はどこからかとりだした石を、目にも留まらぬ速さで投げ続けている。床はもう石だらけだ。

「遊びの中身が石拾いから、石の投げ合いに変わってしまったのか」

「そのようだ」

「……ごめん、わたしのせいだ」

「いや、腐った階が悪い。それに得るべきものは得たから気にするな」

しょげかえった綾芽を慰《なぐさ》めてから、だが、と二藍は嘆息《たんそく》した。

「これでは出るに出られぬ。どうしたものか」

「……なにか手はないのか?」

「お前の手元に石がひとつでも残っていれば策もあったが」

「石か」

綾芽は一瞬迷って、ためらいつつも答えた。

「どんな石でもいいなら、ひとつだけ持ってる」

「あるのか？　ならば――」

「でも手放したくないんだ」

身を乗りだしかけていた二藍の動きがとまる。

「なぜだ」

綾芽はうまく説明できなくて、息を大きく吸って懐に手を入れた。そうしてとりだしたものを、そっと手をひらいて二藍に見せた。

掌に収まっているのは、二藍が手渡してくれた件《くだん》の砂石だった。

「……綾芽」

「どうってことない品なんだろう？　でもわたしは嬉しかったんだ。誰かにもらったものはどれも大切だ。あなたがくれたならなおさらだよ。たいした意味なんかなくたって、絆の証《あかし》に変わりない。絶対手放したくないんだ」

誰にも顧《かえり》みられなかった綾芽が、今は多くの人々に目をかけてもらえる。信じられないほど幸せだ。いつまでも続いてほしいけれど、心の底では怖い。だからこそ、なにひとつおろそかにしたくないのだ。

たとえそれが、二藍にとってはつまらない小石だろうと。

「綾芽」

と二藍はもう一度名を呼んで、うつむく綾芽の手に手を重ねた。

「わたしが悪かった。はじめから、もっとわかりやすく伝えればよかったのだ」

ほんとだよ、いつもあなたはそうだ、と綾芽が眉を寄せて言いかえすと、二藍はすこし笑った。

「言ったとおり、その石自体はたいした品ではない。また同じようなものは得られる。お前が望むなら、いくらでも探してこよう」

「だから手放せっていうんだな。なんだったんだ、いったい」

「……渡す石はどれでも構わなかったのだ。ただ小石ならばよかった」

「小石？」

「そう、小石だ。もう察してくれるだろう。みなまでは、わたしも言いづらい」

綾芽は二藍を見やった。確かにどことなく、きまりのわるそうな顔をしている。でも。

「……ごめん、まだ見当がつかない」

肩を落とした綾芽を、二藍は目をみはってまじまじと見つめた。それから小さく息を吐き、わかったと言って、綾芽の耳元で砂石に込められた想いをささやいた。


「――小石は恋し。恋しく、慕《した》わしいの意味」


数日後。

鮎名の御殿では、高子がことの顚末《てんまつ》をやれやれと語っていた。

「なぜ春宮はそうはっきり仰らずに、回りくどい伝え方をなさったのでしょうね。あの娘のまっすぐにものを申す気質を好まれていながら、ご自分では雅《みやび》を気取られるなんて」

『恋しい』のは友としてなのか、それとも妻としてなのかで一悶着《ひともんちゃく》あったものの、とにかく二藍の真意を知った綾芽は、最後には砂石を手放す決意をした。石には二藍の筆で色が塗られ、床の隙間から階下へ投げられた。それを見て吾妻山の神はもとの遊びを思い出し、綾芽と二藍は難を逃れたのである。

「二藍の立場からするとあからさまには言えなかったのではないか？　かりそめの妻への思いは秘すべきと考えているのかもしれない。まあ、あまり意味もない気がするが」

と鮎名が言えば、「意味などかけらもございません」と高子は呆《あき》れた声を被せた。

「いくら春宮といえども、好いた惚《ほ》れたの話で周りをやきもきさせるのはまったく感心いたしません。だいたい、なぜ秘めるのでしょう。かりそめだからこそ、刻が来るまでは開き直って惜しみなく寵愛《ちょうあい》すればよいではございませんか。友だと言い張るのならなおさら、まどろっこしくて仕方ありません」

「わたしもそう思うが……はっきりと伝えるのが気恥ずかしかったのだろうよ。気持ちはわかるな」

「あなたも同じ穴の狢《むじな》ですものね」

ちくりと刺され、鮎名は苦い顔をする。まあまあ、と常子がとりなした。

「よいではないですか。とにかく二藍さまがたのおかげで、期せず山ほどの石が手に入りました。これで当座の玉はございます。祭礼で得られた知識から、ほどなく吾妻山でも玉の岩が掘りあてられるでしょうし」

ですが——と常子は眉を寄せる。

「石を贈るはよいとして、なぜ二藍さまは、わざわざあのような、なんの変哲もない品を選んだのでしょうね」

確かにな、と鮎名も首をかしげた。

「小石ならばなんでもよかったはずだ。もっと見目よい石を選べば、綾芽も不安にならずにすんだろうに」

砂石のいかにも脆く崩れそうな見てくれに、綾芽は翻弄《ほんろう》されていたのだ。

と、

「あら、おわかりになりませんの？」

高子は扇をひらき、つんとして言った。

「あれは吾妻山の砂石なのですよ。はるか昔に石と化したものです。見た目に反して、わたくしどもがありがたがっている硬玉よりもずっと硬く、玉の研ぎにすら用いられる代物《しろもの》です」

「それは知っているが、ざらざらとしているし、色あいも地味で――」

「脆き砂の塊も、長き年月をともにすれば、あのような硬く強き石と成る。そうではございませんか?」

高子の言わんとしていることを悟って、鮎名は黙りこんだ。

御簾の向こうの空はめっきりと夏めいて、白く霞《かす》んでいる。ぬるい風が吹き抜け御簾を揺らす。季節が巡る。刻一刻と過ぎてゆく。

「――どうか二藍さまの願いが叶《かな》いますように。おふたりがいついつまでも、ともに生きてゆかれますように」

ひときわ強く吹いた風に、常子の祈りの声はさらわれていった。

蝶の拾《しゅう》遺《い》

兜坂国《とさかのくに》の今上《きんじょう》・楯磐《たていわ》は賢き王である。無体を命じることはなく、かといって誰に対しても厳正で流されない。異母弟である二藍《ふたあい》と似通う整った顔立ちが、また近寄りがたさを際《きわ》立《だ》たせていて、綾芽《あやめ》は御前にまかりこすときはいつも身を強《こわ》ばらせていた。

だがそんな大君《おおきみ》の印象も、何度か私的な席に呼ばれているうちに様変わりした。大君は、本当に親しい者の前では冗談を好む、いたく陽気なひとなのである。あの二藍すら、大君の手にかかっては何度もたじたじとなったり、気まずく目を逸《そ》らしたりする。

というより大君は、二藍をからかうのを楽しみにしているところがあった。たとえば二藍と綾芽がふたりで御前に参じると、綾芽の装束《しょうぞく》を一目見るやまず一言、

「お前はあれか。妻に、己《おのれ》の好みの装束を着せたい質《たち》なのか」

と脇息《きょうそく》に肘《ひじ》をついてくつくつと笑う。すると二藍は居心地が悪そうに、「滅相《めっそう》もございません」などと言い訳するのだが、実際のところ、装束の色目のことなどなにもわかっていない綾芽は、二藍の勧《すす》めるままに衣《ころも》を重ねているわけだから、まったくもって大君の指摘どおりなのである。大君はそういう事情を知っていて、そのうえで二藍の反応を楽しんでいるのだ。

もちろんこの類《たぐ》いの軽口は、愛情ゆえのものだ。綾芽が今になって思うには、あのころの二藍は、綾芽との行く末になにも望まないような態度を貫《つらぬ》いていたから、大君も見とし

て思うところがあったのだろう。

話戻って、そういう大君の陽気な質は、宴で酒が入るとまたひときわ強くなる。

いよいよ二藍の春宮立坊《はるのみやりつぼう》ということだ。初めて木雪殿《もくせつでん》でひらかれた内々《うちうち》の饗宴《きょうえん》に招かれ末席に加わったとき、綾芽はひたすら二藍に迷惑をかけないようにと縮こまっていた。そんな綾芽の心を知ってか知らずか、大君は綾芽の存在など気にも留《と》めないかのように酒を口にして、やがて感心したように傍《かたわ》らの鮎名《あゆな》に声をかけた。

「しかし鮎名よ。こたびの祭礼の取り仕切りはまこと見事であったな。あれほど鮮やかに為《な》してのけた妃宮《きさきみや》は、斎庭《ゆにわ》長くとも我が妃宮だけだろうよ」

己《おの》が目にくるいはなかったと、こちらが恥ずかしくなるくらいに褒《ほ》め称《たた》える。

鮎名はたちまち、「ありがたきお言葉」と頬を赤らめた。面映《おもは》ゆいのか、それとも酒のせいか。いや、大君に賞賛されるのがなにより嬉しいのだと、そのうち綾芽は気がついた。どんなときもたのもしく斎庭を率いる鮎名の意外な表情が微笑ましく思われて、緊張もわずかに緩《ゆる》む。

と思えば大君は、今度は二の妃の高子《たかこ》へ顔を向けた。

「鮎名不在のおり、よくぞ斎庭をまとめあげたものだ。そなたのような妃を持てたことこそ、我が僥倖《ぎょうこう》であったな」

高子はにこりとして、やはり「もったいなきお言葉」と雅《みやび》やかに礼を言った。

が、綾芽は見逃さなかった。高子は、大君が柚子《ゆず》の香る羹《あつもの》に箸《はし》を伸ばした隙《すき》に『また始まりましたわね』とでも言いたげに扇《おうぎ》を傾けたのである。いつもは誰より君臣の別をわきまえている高子の呆《あき》れたような仕草に綾芽はぎょっとしたのだが、隣の二藍はおかしそうにしている。そして綾芽にこっそりと教えてくれた。

「大君がこうして誰ぞを褒められるのは、酔われたときの常のこと。褒め上戸《じょうご》な方なのだ」

どうも大君は、一の妃と二の妃の力関係云々《うんぬん》などと難しいことを考えて双方を褒め称えているわけではなく、これがいつもどおりらしい。御前に参上しているのが誰であっても、酒が進んでくると絶賛するのだそうだ。こういう内々の宴に招かれているのは、大君がことさら信を置いている者だけだから、当然褒めどころも多い。自然と饗宴は、ひたすら誰かが褒めそやされる場に変わる。

「称えてくださるのだから当然悪い気はしないのだがな」

「妃宮も喜んでいらっしゃるものな」

「そうだな、だが」と二藍は柚子を絞った冷や水を、笑って口に運んだ。「いつもいつも聞かされているほうは、なかなかくすぐったくもある。さっぱりとした質の御方ならば、言葉は悪いがうんざりするわけだ」

と高子に目をやる。すでに高子はそ知らぬ顔で大君と笑顔で受け答えをしていて、その変わり身の早さに綾芽も笑いそうになった。

高子は普段は誰にもまして大君を敬っているが、それは恋ではない。高子は、「わたくしには恋情なるものがわかりません」と常々口にしている女人《にょにん》だ。よって大君にも、あくまで忠実なる臣として仕《つか》えているわけで、褒められると頬を染める鮎名とは感じるところがまったく異なるのだろう。

なるほどなと思っていると、二藍は思わせぶりにつけ加えた。

「人ごとではないぞ。お前にもすぐに妃宮の、次いで高花《たかはな》のおん方のお気持ちがわかるはずだ」

え、と思ったときには、大君の目は綾芽に向かっていた。

「綾芽よ、これへ」

はい、と綾芽は慌《あわ》てて御前に進み出る。うしろで扇をひらいた二藍が笑っている気がするのは気のせいだろうか。

そうして今度は、綾芽がいかに得《え》がたき娘で、勇気に満ちていて、よき心と強き意志を持っているのかがみなの前で滔々《とうとう》と語られることになった。

国の主《あるじ》にこれほどまでに賞賛してもらえるとは。綾芽もはじめは、胸を震わせて耳を傾けていた。だがやがて身の程以上の激賞に恐縮しはじめ、最後にはいつまで経《た》っても終わる気配がないことにひそかに困りはてたのだった。

「だから言っただろう」

その日の帰り、二藍は牛車《ぎっしゃ》のうちで楽しそうに肩を震わせた。

「褒める相手が常人ならば、ほどほどにその者が喜んだ頃合いで大君のお言葉も終わるのだがな。あまりに優れた者だと、褒めおわるまでにいたく刻《とき》がかかる」

それで高子のような顔をする羽目になるのだという。

「いやでも」と綾芽は苦笑しかけた頬を引きしめた。

「褒めていただけて、とても嬉しかったよ。大君は、いろんな方を本当によく見ていらっしゃるんだとも思った」

少々困惑《こんわく》したのは事実としても、綾芽は心から喜んでいたし、さすがは王だと感嘆もしたのだった。普段の大君は誰かに深く肩入れはしない。王たる態度を貫いている。だからこうして大仰《おおぎょう》に褒めるのは親しい者との酒の席だからこそで、互いに心許しているからだ。そういうふうに扱ってもらえること自体が、国のため身を張る者にはなによりのねぎらいになる。それに大君の言は、誰を褒めても的《まと》を射《い》ている。己を支える人々をよく見て、大切にしているからこそなせる業《わざ》だ。

「無論そうだ」と二藍は笑いを収めて目を細めた。「大君は優れた御方だ。誰もが疑ってはおらぬよ」

和《やわ》らぐ二藍の声を聞いて、綾芽の心は温《ぬく》もった。そう、この二藍も、心から兄王を慕《した》っている。そういう二藍のやわらかな感情を知るたびに、綾芽は嬉しくなってしまう。

「たぶんだけどさ」

ほんのすこしだけ、気づかれないくらいに二藍に身体を寄せてみた。触れられないからせめてもと、二藍の袖《そで》に自分の袖を重ねる。

「なんだ」

「高子さまが辟易《へきえき》されているっていうのも、高子さまなりの照れ隠しなんだろうな」

二藍の瞳がこちらを向いた。物見からさしこむ月光が、その笑顔を照らしている。

「お前は、大君と似ているな」

「え、そうか？」

「人の心の底を見抜く目がある。さすがは――」

言いかけた言葉を呑みこみ、二藍は小さく笑って、物見の外へと目を向けた。

「――さすがは物申《ものもう》しだ」

そうかな、などと返しながら、二藍は本当は、別の言葉を続けようとしていたのではないかと綾芽は思った。

言おうとしていたのは、『さすがはわたしの妻だ』ではなかったのか。

だがそのときはまだ問いかける勇気もなく、ただ袖を重ねたまま、綾芽も物見の外の月光に目をやるばかりだったのである。


それからいろいろあって、点定神《てんじょうしん》の訪れやら大風《おおかぜ》の神招きやらが立て続いたり、綾芽と二藍の関係も少々変化したりして忙しい日々が続いた。

そのあいだも忙殺される皆々をねぎらうように、大君の饗宴はときおりひらかれていた。何度も参上するうちに、綾芽はすっかりこの大君の陽気さや、褒め上戸な部分に親しみを覚えていった。もちろん二藍や、親しい女官の佐智《さち》や須佐《すさ》に対するように気安く接するわけにはいかないが、この王は確かに二藍の血を分けた兄弟なのだな、と腑《ふ》に落ちたのだ。二藍も大君も、心に抱いているよきものの形は似ている。

ところが、である。

ようやく大風の神を呼び、点定神をうまく追い返してからしばらく。夏の終わりころに行われた饗宴の席に現れた大君は、なんだか元気がなかった。馳走《ちそう》が並んだ御膳にも、昨冬井戸涸《が》れの危機を乗り越え仕込まれ、今宵《こよい》初めて盃に注がれることになったとっておきの秋酒にも、ひととおりは手をつけてそつなく楽しそうな顔をしてみせるのだが、綾芽にはわかる。

（大君は、お気持ちが沈まれているんじゃないのか？）

どことなく打ちひしがれているのを隠そうとしているのだ。

なにかあったのだろうか、と綾芽はまずは考えた。だが思いつかない。今のところ、それほど大きな問題はここ斎庭《ゆにわ》でも、政務を司《つかさど》る外庭《とつにわ》でも起こっていない。黄の邦《きのくに》には無事雨が降り、都は八杷島《やはじま》の祭官の来訪を待つばかり。むしろ大問題が一段落して、誰もが長く続いた緊張からようやく解放されて一息ついているくらいだ。

それで綾芽は、とうとう大君が鮎名を伴っていつもよりもいくぶん早い時刻に去っていったあと、その場に残った人々に尋《たず》ねかけてしまった。

「大君には、なにかお心を痛めていらっしゃることがおありなのですか？」

すると、綾芽の隣に座っていた二藍が答えてくれた。

「よくわかったな。そうなのだ、おかわいそうなのだよ」

かわいそうという割に、それほど深刻な顔をしていない。綾芽がますます首をかしげると、二藍はこう問いかけてきた。

「お前は、大君がいたく好まれて口にお運びになるものがなにか知っているか？」

「好物ということですか？　……いいえ」

ここ半年ほど何度か宴に呼んでもらっているが、じろじろ大君の手元など見られないし、それに今になって気づいたが、大君は、あまり自分自身の話はしないのだ。

それでも頭をひねって、「酒ですか？」と尋ねてみると、無論それもいたくお好きだがと二藍は笑ってから、自分の器《うつわ》を示した。海藻の酢の物が品よく盛りつけられている。

「実はこれだ」

「なるほど、海藻がお好きなのですね」

「違う、こちらのほうだ」

酢の物には、輪切りの水菓子《くだもの》が添えられている。小ぶりの、皮が青いものである。

「これは……」

「柚子でございますよ」

綾芽たちの会話を聞いていた常子が、御簾の向こうで笑みを見せた。「大君は薫《かお》り高き柚子の実を、たいそうお好みなのです」

「まあ、まことにお好きなのは、そこに添えられた青玉ではなく、冬になって彩りよく熟したもののほうでございますけれど」

と高子も付け足した。

どうやら大君は、冬ごろに採《と》れる黄色い柚子の実が好物らしい。あのさっぱりとした香りが気に入りで、羹《あつもの》に添えたり、酒に浮かべたり、旬《しゅん》ともなれば饗宴の御膳に目白押しとなるそうだ。それぱかりか、乾いた柚子の皮を衣に薫《た》きしめることもあるそうで、大君がお渡りになるときにはさわやかな香りが漂うのだと高子は教えてくれた。

「あまりにお好きなもので、とうとう献上されるものだけではご満足なさらなくなり、禁《きん》苑《えん》で手ずから柚子の木を育てていらっしゃるほどなのですよ」

「大君が？」

綾芽は目をむいた。ちょっと信じられなかったのだ。

「あら、なぜそう驚くのです」

眉を動かした高子に、なぜなら、と綾芽は説明した。

「想像ができないのです。わたしの故郷の里は金桃《かねもも》の産地でしたが」

寒冷の地である綾芽の里は稲作にあまり向かない。里人の多くは海に出るか、山で金桃を育てていた。果実を育てるのはなかなかの大仕事である。香りよきもの、甘いものは当然人以外も好む。寄ってくる蟲《むし》や鳥から懸命に守らねばならない。

「金桃の実にも、水菓子蠅《ばえ》という甘い汁を好む小蠅がたくさん寄ってきます。蟲食いとならないよう、里人はたいへん苦労していました。大君があの者たちのように、腕をまくり、重い籠《かご》を抱《かか》えられて蟲や鳥を追い払っているとは……」

　思わず両手を組んで唸《うな》った綾芽を、二藍はおかしそうに見やった。

「綾芽よ。なにも毎日大君が汗を流されているわけではないのだ。柚子が熟したころにおでましになって、ひともぎふたもぎされるだけなのだよ」

なんだ、と綾芽は照れ笑いした。考えてみれば当然だ。

「とはいえあの御方は、たいそう禁苑の柚子に心をお寄せになっているのですよ」

　と高子はやや呆れたように続けた。

「常日頃の世話をする、柚子使《ゆずし》なる役職の者までおります。その者らに毎日びっしりと記録をつけさせて、政務の合間にご覧あそばれて、やれ水が足らぬだの、やれ追肥《ついひ》せよだの、事細かくお命じになっているのです」

　どうも柚子を育てることは、多忙な王の数少ない趣味で息抜きらしい。

　あの御方はな、と二藍が思い出話をするように首をかしいだ。

「柚子が熟れるころに万難を排して禁苑に行幸《ぎょうこう》し、数十ある柚子の木一本一本を検分しては御自《おんみずか》ら巻子《かんす》に様子を書き記される。それほどにお好きなのだよ。ご幼少のみぎりから、柚子の季節が近づくとそわそわなされて、それはそれは微笑ましいのだ」

「大君は、柚子使からあがる報告も、再度ご自身で書物にまとめられているのです。わたくしや書司《ふみのつかさ》の者も感服するほど立派なものですよ。文書院《もんじょいん》に収められた神招きに関する記録のごとく」

二藍や常子が頬を緩めるので、「なるほど」と綾芽も笑ってしまった。

常に動じず表情も変えない王だと思っていたが、ああ見えて柚子使からの毎日の報告を今か今かと待ち、嬉々《きき》として自らまとめているとは。酒の席でのふるまいもそうだが、綾芽にとっては親しみ深く思われることでもあった。きっと人の上に立つ者とは、どこかにそういう深みやおかしみもなければならないのだ。

だが、そもそもの話の起こりを思い出して疑問も感じた。

「その柚子のお話と、今宵の大君のご様子に関わりがあるのですか？」

いま御膳に載《の》っている柚子は南方の邦《くに》で獲《と》れた早生《わせ》だから、禁苑の実がいよいよ熟すのはまださきだ。大君にとっては、これからがもっとも報告を聞くのが楽しい時分のはずなのだが。

実はな、と二藍は米粉を練って油で揚げた策餅《さくべい》を、形よい口に収めてから言った。

「実はその禁苑の柚子の木が、食い荒らされてしまったのだよ」

「……え」

なんと。綾芽は俄然《がぜん》身を乗りだした。

「何者にです？　鳥ですか。それとも蟲ですか？　実を食われてしまったのですか？」

大切に育てている柚子が食い荒らされるとは、おおごとではないか。里で見た、蟲食い穴だらけの金桃の惨状がまざまざと思い出され、耳に入れただけで胸が痛む。

二藍は、綾芽の思わぬ食いつきに苦笑を見せた。

「柚子の実自体は無事なのだがな。幼蟲《ようちゅう》に葉が喰らわれてしまっているのだ」

「それでもおおごとです。葉がなくなると、実にも障《さわ》りが出ますから。畏《おそ》れながら、一刻も早く手を打たれたほうがよいかと」

葉を喰らう蟲は、放っておくと次々と葉を食い散らかし、大きくなり、さらに多くの葉を傷《いた》めてしまう。故郷でもそういう蟲が出たときは、綾芽の義父である郡領《ぐんりょう》までもが総出で蟲を除いていたものだった。

「そうしたいのはやまやまなのですが」

と常子《つねこ》が困った顔をした。

「できないのですか？」

「いいえ、尽力してはいるのですよ。ですが今年は思わぬ数の親蟲が飛び交っているようで、とても手が回らないのです」

年によって蟲の数は変わる。特に今年は見たこともないほどにその蟲の親がいて、次々と現れ卵を柚子の木に産みつけるのだという。柚子使いも見つけ次第除こうと懸命なのだが、幼蟲のほうも、敵に見つからないような色合いや形を心得ているから、いたちごっこで埒が明かない。

　それに、と常子は肩をすくめた。

「絶え間なく卵を産みつけられたとしても、親蟲は殺せないのですよ」

「なぜです？」

　親が大量にいるのならば、その親を殺さねばいつまで経っても蟲は増える。うかうかしていると柚子の葉すべてを食い荒らされて、せっかく精魂込めて育てた木がみな枯れてしまうではないか。

　だが常子が続けた一言で腑《ふ》に落ちた。

「柚子喰らう蟲の親は、天揚羽蝶《あまあげはちよう》なのですよ」

　柚子の葉を喰らっているのは蝶だ。それも一目見れば誰もが心惹《ひ》かれる、初秋の抜けるような青空の色を映したがごとき眩《まぶ》しい彩りの翅《はね》を持つ、優雅な蝶である。

「ああ、それは……」

　確かに殺せない。殺してはならないのだ。なぜなら天揚羽は、かつてこの国に物申として現れ、玉盤神《ぎょくばんしん》を退《しりぞ》けてみせた女王・朱之宮《あけのみや》の印だ。綾芽の故郷・朱野《あけの》にある朱之宮の陵《みささぎ》の門にも、大きな天揚羽の紋が描かれていた。

天揚羽のあでやかな姿は、国を導く朱之宮の遺志《いし》。そう考えられて、むやみな殺生《せっしょう》が戒《いまし》められてきた歴史がある。朱之宮の血を引く大君ならなおさら、殺せと命じられるわけがない。

「それで大君は、柚子を守るために蟲を一掃されることも叶わず、かといってお手をかけられてきた柚子の木をお見捨てにもなれず、お困りになっているのですね」

木を守るには天揚羽蝶を除くしかないが、それはできない。ゆえに、朱之宮の印とはいえ単なる蟲に、これから大きく実をつけるはずの大切な柚子の木をさしださねばならない。

おかわいそうに、と綾芽はうなだれた。大君という立場は、何もかも手に入れているようでその実、ままならぬ身の上なのだと知っている。誰より尊い身だからこそ、己の心のままに動かせるものなどほとんどないのだ。大君にとって柚子の実が熟するのを待つことは、ただでさえ悩み多き昨今には珍しい、心から楽しみにできる事柄だっただろうに。

「どうにかならないのでしょうか」

なにかしら解決策が見つからないものか。

と、高子が扇の向こうで息を吐いた。

「あら、綾《あや》の君《きみ》は、わたくしどもがただ手をこまねいているとでも思っておられるの？

当然、策はあります。気を落とされているお姿を拝見しているのは嫌ですもの」

ねえ、と視線を向けられて、ええ、と常子もうなずいた。

「もっとも尊き御方にさえ手が出せないのなら、この件はもはや人の手には如何《いかん》ともしがたいということです。そのようなときこそ、我らの出番ではございませんか？」

そうか、と綾芽は膝《ひざ》を打った。人に手が出せないならば、別のものに任せればよいのだ。

この斎庭《ゆにわ》は、神を招き人の望む方向へと動かす場。

「神招きを用いて、柚子の木を救おうというのですね」

「そのとおりです」

どうにかうまく天揚羽が柚子の木から去るよう神の力を用いることさえできれば、柚子は助かり、揚羽を殺さずともすむ。

さすがは斎庭の人々だ。困りごとがあったとしても、必ず策を見いだしてくる。綾芽は感心して尋ねかけた。

「それで、どのような手をお使いになるのです」

斎庭に入ってまだ一年足らずだ。知らない神も祭礼もたくさんある。思わぬ妙手が繰りだされるのなら、是非知りたい――と思ったのだが。

「それは綾の君、あなたが見つけるのですよ」

扇を揺らした高子に名指しされて、綾芽は目を白黒とさせた。

「え？　わたし、ですか」

なぜそうなる。わけがわからないでいると、二藍がそばから助け船を出してくれる。

「往生《おうじょう》せずともよい。なにも一から考えろという話ではない。実は、天揚羽をとある木から別の木へ誘いだす祭礼が、過去には存在したらしいのだ。その祭礼を再び執り行うことさえできれば、柚子への障りはなくなろう。柚子から別の木へ蟲を導いてしまえばよいのだからな。だがこの祭礼、ここ百歳《ももとせ》ほどは行われたこともなく、記録も散逸《さんいつ》している」

「つまりわたしは、その記録を探せばよいのですね」

「そういうことだ」

よかった、それならなんとかできそうだ。綾芽は胸をなでおろして、高子に向かってうなずいた。

「わかりました、やってみます」

「よい返事ですこと」

高子はにこやかに微笑む。最初から、断ることなんて想定していないと言わんばかりの笑みだ。一方の常子は、「よろしくお願いいたしますね、綾芽」とこちらは裏表なく頼みつつも、最後に釘を刺してきた。

「ですがこのことは、くれぐれも大君には内密に」

「驚かせてさしあげたいのですか？」

「それもありますが……大君がお知りになったら、きっとならぬと仰《おつしや》るでしょうから。なんせわたくしどもは、神を招いて解決を図ろうというわけですから」

　常子は気まずそうに目を細めている。

　無理もない。この兜坂国では、必ず国のために神招きをなさねばならない決まりだ。一年に招ける神の数は厳しく定められているから、あとになってどうしても呼ばねばならない神を招く余地がなくなると困る。つまり当然ながら、貴族や高官の私利私欲のために神招きを使うことも厳しく禁じられている。大君にしても例外ではない。となると、趣味の柚子の木を救うために神を呼びだすなんてことが大君の耳に入れば、断じてやめるようにと命じられるだろう。それで常子は秘密にしろと言っているのだ。

　だが高子は、あら、とすまして口を出した。

「気まずいことなどないでしょう。失われた祭礼に再び血を通わせるのも斎庭《ゆにわ》の大切な役目。わたくしどもは別に、大君のお心を安らかにしてさしあげるためだけに揚羽の神を招くわけではありません。これは立派な、斎庭が果たすべき責めなのです」

「という体《てい》で、高花のおん方は大君のお心を安らかにしてさしあげようとお考えになったわけです。わたくしも妃宮も、二藍さまもわかっておりますから、ご提案を受けいれたのですよ」

常子がすかさず訳知り顔でつけ加えると、高子は心外そうにむっと眉をひそめる。だが、いつもならば間髪《かんはつ》をいれずに「そうではございません」などと返ってくるところを黙っているから、しかもいまいちそりの合わない二藍にまで声もなく笑われているのに反論しないから、そのものずばりなのは間違いない。

笑う二藍をちらと見やったあと、「とにかく」と高子は思いなおしたように扇を傾けた。

「すべてが丸く収まってから大君にはご説明いたします。その旨《むね》は柚子使にも伝えてありますから、綾の君は一刻も早く祭礼の記録を探しだしなさい」

「承《うけたまわ》りました」

「身を入れて励みなさい。よろしいですね?」

妙に念を押してくる。もちろんです、と綾芽は深く首肯《しゅこう》した。当然懸命にこなすに決まっている。なぜならば。

「わたしも、大君を心よりお慕い申しておりますから」

国の主として尊敬しているばかりではない。大君はなにより、綾芽の大事なひとが心から慕っている、血を分けた兄なのだ。

綾芽の言葉を聞いた高子は、あら、と目をひらいた。それから意趣返しのような笑みを二藍に向ける。

二藍はぴくりとこめかみを揺らしたが、すぐに微笑みかえしてみせた。

過去の斎庭《ゆにわ》には、天揚羽にこちらの望んだ場所へ移ってもらう祭礼が存在したという。禁苑にて柚子を育てているのは南に拓《ひら》けたゆるやかな斜面で、運のよいことに、ほど近いところに枳殻《からたち》の垣根がある。枳殻もまた揚羽蝶の好物だ。つまりどうにか過去の祭礼を蘇《よみがえ》らせて、柚子から枳殻へ揚羽蝶の神をいざなうことができれば、柚子の木に群がっている数多《あまた》の蝶たちも枳殻へ移る。これ以上幼い蟲も卵も増えずに、柚子は助かる。

問題は、その過去にあった祭礼をどう蘇らせるかである。兜坂国に玉盤神《ぎょくばんしん》が来訪するようになって百年近く。招ける神の総数を決められてしまってから、揚羽蝶の神のようなたいして特別でもない神を招く余裕が斎庭にはなくなり、それに伴って記録も散逸してしまっている。一にも二にも、まずはその、過去になされていたという記録をどこぞから見つけださねばならない。

『文書院のどこかに保管されているのは間違いないのですよ』

常子はそう語った。斎庭《ゆにわ》がこれまで招いたすべての神の記録は、斎庭内のふたつの文書院に必ず残っている。祭礼が行われなくなったからといって、記録がまったく失われることはありえないし、あってはならないのだ。

「おそらく書庫として使われている北文書院に眠っているはずです。綾芽にはそれを探していただくことになりますが……北文書院に入ったことはありますか？」

綾芽はいいえと首を振った。南の文書院にはかよったことがある。だが北には入ったことがない。

ならばと常子は、初日は自分が案内すると言ってくれた。それで綾芽は翌朝さっそく、女孺《にょじゅ》・梓《あずさ》としての雑務を早々に終えて、朝の議定《ぎじょう》から戻ってくる常子を桃危宮《とうきぐう》で待っていたのだが。

「待たせたな」と簀子縁《すのこえん》に現れたのは常子ではなく、二藍だった。

「あなたが連れていってくれるのか？」

慌てて周りに人がいないことを確かめてから話しかけると、二藍は、近頃となっては珍しく綾芽の前で扇をひらいて、あらぬほうを向いて答えた。

「なんだ、わたしとでは嫌か」

「まさか！　でもあなたは忙しいから、常子さまが連れていってくださると仰っていたんだよ。大丈夫なのか？」

二藍は春宮となった今も、斎庭の要職を退いてはいない。ゆえに前にも増して多忙なのだ。今日綾芽に構っている暇《ひま》があるのだろうか。

「構わぬ。わたしが少々おらぬくらいで立ちゆかなくなるわけもない。それに」

「……それに？」

二藍はまだ、扇の向こうで目を逸らしている。綾芽が首をかしげると、小声でなにごとかを口にした。扇に阻《はば》まれよく聞きとれない。

「なんだって？」

「あまり見劣りしていると思われたくないのだ」

言いたいことがいまいち飲みこめず、綾芽はますます眉をひそめた。

「なにが、なににだ？」

二藍は文書院に特別思い入れが深いようだし、斎庭の知恵が、他国に比べて劣っていると綾芽に侮《あなど》られたくないという意味か？　確かに海を越えた玉央《ぎょくおう》や、隣国である八杷島などに、兜坂は知恵が足らぬ国と蔑《さげす》まれることもある。だが綾芽自身はそんなふうに思ったことはない。斎庭の人々は立派だ。頭と身体を働かせ、懸命に神に立ち向かう姿は、綾芽が朱野の森で那緒《なお》と一緒に夢見た姿そのものだった。

それともなんだろう。綾芽が、昨晩の宴のどこかで失言でもしたのだろうか。

ふいにぐらぐらと足元が揺らいで心配になってきた。もしかしたら二藍の気に障るようなことを言ったのかもしれない。

「わたし、なにか失礼なことを言ったか？　ほら、昨日はちょっと酔ってたし」

猫のように身を縮めて窺《うかが》うと、二藍は目を瞬《またた》かせて、それからふっと笑って扇をとじた。

「そうではない。お前はいつも正しいし、やさしい娘だ」

「ごまかさないでくれ。なにか言いたいことがあるんじゃないか？」

「お前に文句があるわけではない。わたし自身の話だ。もっと精進《しょうじん》せねばならぬと思っただけなのだ。さ、ゆこう」

「あなたは充分頑張ってるじゃないか」と綾芽は言ったが、二藍は笑みを浮かべて促《うなが》すばかりだった。なんだかよくわからない。

北文書院までは数百歩というところだが、二藍くらいの身分になると、それでも牛車《ぎっしゃ》で移動することが多い。牛車のなかで、二藍は綾芽の髪が風で乱れて絡《から》んでいると言って梳《す》いてくれた。

「なんだか気恥ずかしいな」

普段の二藍は、ふたりきりの逢瀬《おうせ》のとき、それも特別気分がよいときにしかこういうことはしない。今は牛車のうちとはいえ、真っ昼間の、人の行きかう路《みち》の只中《ただなか》なのだが。

「気恥ずかしくとも我慢することだ。これはわたしの特権だからな」

「自分でできるよ」

「後ろ髪は己の目には見えぬからうまく梳けぬだろう」

だったら、と綾芽は唇をとがらせた。「あなたの髪も梳かせてくれ。それはわたしの特権のはずだろう？」

夫婦だからというのなら、当然綾芽にも二藍の髪に触れる資格はあるはずだ。だが二藍は今まで一度も、綾芽に髪を梳かせてくれたことはない。

「それはだめだ」

二藍は笑っている。なぜだと問い返しかけて、まあいいかと綾芽は肩を縮めた。いざ触れてもいいと言われたら、それはそれでいたく緊張してしまいそうだ。

どちらにしても、二藍が楽しそうで安堵《あんど》した。さきほどは少々思い煩《わずら》っていたように見えたが、すっかり気分も上向いたらしい。

二藍は綾芽の髪を梳きつつ、今朝も大君のおわす鶏冠宮《けいかんぐう》に参上したのだと話してくれた。

「お前たちが揚羽の神を呼ぶことは、ご存じではおられないご様子だったたよ」

「だったらよかった。今日も落ちこんでおられたか？」

「公《おおやけ》にわたくしごとを持ちこむ御方ではないから、普段どおりでいらっしゃったな。とはいえ黄蘗《きはだ》色の衣をまとった公卿《くぎょう》のほうに目も向けないから、柚子のことで悲しんでいらっしゃるのは変わりなさそうだ」

「なるほど。黄色の装束を見て、柚子の実を思い出されてしまったのだな」

「そうらしい」

「おかわいそうだけど、ちょっとおかわいらしくもあるな」

そういうところも、結構二藍と似ているんだなと綾芽はおかしくなった。

二藍も先日、かわいがっていた猫がいなくなってひどく落ちこんでいた。もちろん表情や態度には出さないが、親しい者にはちゃんとわかるのだ。二藍や大君ほどの生まれにもなると、自分の思いどおりにならないことに苛立《いらだ》って当たり散らしても許されるように思えるが、そうはしない。そういうところが愛《いと》おしい。

と、二藍がついと綾芽の髪を一房《ひとふさ》引っ張った。

「わ、なんだ」

綾芽がされるがままに天井を仰ぎ、そのまましろに首を反《そ》ると、なにか言いたそうな細まった瞳とかち合う。

「どうした？」

だが二藍は答えず、「着いたな」と軽く言って髪を放した。

符《ふ》を持っていれば誰もが入れる南文書院とは違い、北文書院には、通常は書司《ふみのつかさ》の女官しか入ることができない。特別な許しを得てその門のうちに二藍とおりたって、綾芽はしげしげと周りを見渡してしまった。

この斎庭の北西に位置する文書院は、さまざまな文物《ぶんぶつ》を収める大蔵《おおくら》が立ち並ぶ一角に近い。それで綾芽もときおり前を過ぎることがあったから、たいそう立派な建物だとは知っていた。だが実際に目の前にすると気圧《けお》される。

文書院は、漆喰《しっくい》の塗られた高い塀に守られている。さらにその塀の周りは、大きな水堀がぐるりと囲んでいた。中に建つのも、瓦《かわら》を葺《ふ》いた立派な蔵だ。斎庭《ゆにわ》の宝たる文書院に収められた記録がけっして燃えないよう、徹底して火を防ぐための造りになっているから、神を招き入れる殿舎とはまた違った重々しさがある。

「斎庭には立派な建物が多くあるけど、ここはまた、どことも違うたたずまいだな」

感心すると、そうだろう、と二藍はすこし誇らしげに胸を張った。

「文書院は斎庭の知恵に同じ。ある意味では、この斎庭の中心なのだ」

並ぶ大蔵のうちのひとつに立ち入ると、さらに息を呑む風景が広がっていた。室内は外から見るより何倍も広くて、奥の白壁が闇に霞《かす》むほどだ。書物を守るためか、窓は高いところと足元にほっそりとあいているばかりで薄暗い。そのわずかな光のなかに、厨子棚《ずしだな》が幾列も、どこまでも整然と並んで、すべてに巻子《かんす》や草紙《そうし》がびっしりと収められている。

そしてその棚のあいだを、多くの女官がゆきかっていた。

「ここに斎庭《ゆにわ》が呼びよせ、もてなした神の記録と知恵がみな収められているのか」

綾芽はものめずらしさにきょろきょろとした。

「そうだ。だが――」

ついてくるようにと言って、二藍は厨子棚の合間を歩きだした。束髪《そくはつ》に濃紫《こきむらさき》の袍《ほう》をまとった二藍の姿は、どこにいてもとても目立つ。だから普段は、遠くにいる女官もすぐにその姿に気づいてかしこまる。だがここではそうでもない。調べ物に没頭していて、二藍がうしろを過ぎ去っていくことにすら気づかぬ者もいる。

二藍はそれらの気を散らさぬようできるだけ静かに進むと、ひとけのうせたところで楽しそうにささやきを続けた。

「だが真に大切なのは記録そのものではなく、正確に記録して収める妻館《つまだて》の女官や、ここにいる、その記録を扱いこなす書司《ふみのつかさ》の女官のほうなのだ。記録は、そのままでは単なる文字の羅列《られつ》で知恵ではない。膨大《ぼうだい》な記録をいかに集め、いかにそのうちから精髄《せいずい》を見いだすかこそが肝《きも》だ」

「なんとなくわかるよ」

綾芽はにっこりとして答えた。綾芽はまだ、二藍ほど斎庭を深く知っているわけではないが、ここで働く女たちがいかに優れているのかも、そんな女たちを二藍がどれだけ誇りに思っているのかもわかる。

（わたしもこういうふうに、女官として誇りに思われる日が来るといいな）

友として、慕うひととして大切にされるのは嬉しい。物申《ものもうし》の力を望まれるのも悪くない。けれど綾芽は欲張りだから、もっともっとと思ってしまう。もっと知恵をつけて、経験を積んで、頼りがいのある右腕としても隣に立ちたいのだ。

よし、と綾芽は拳を握った。

「二藍、わたし頑張って揚羽神の祭礼の記録を見つけるよ。百年も前のものはどのあたりにあるのか教えてくれないか？」

「ずいぶんと意気込んでいるな。それほど大君のお役に立ちたいか？」

二藍がからかうように言う。それもあるけど、ほんとのところは別なんだ。そう答えたかったが、さすがに大君をないがしろにしているようで言えず、綾芽は「まあな」とごまかした。

二藍はしばらく綾芽を見つめていたが、

「こちらだ」

と身を翻《ひるがえ》し、蔵の隅にある両開きの戸に手をかけた。昔は朱に塗られていたらしき古い扉は、軋《きし》んだ音を立ててひらく。

「この大蔵は何度も増築が繰りかえされて、軒廊《こんろう》で繋がっている。古い記録は古い建造物のうちだ」

そう言って、綾芽を扉のさきへ促した。軒廊のさきにあった扉をくぐったとたん、古びた紙の匂《にお》いが鼻をつく。さきほどより数段小さな蔵のうちには、さきほど以上に書物がつまっている。

「このどこかにあるのか?」

「いや、この蔵はまだ序のようなものだ。今も数年に一度は訪れる神に関わる記録が収められている」

二藍は迷いなく紙の山を抜けて、またも扉に手をかけた。さきにあったのは、さらに古びた書庫である。

「ここか?」

「まだまだ」

まだ? と綾芽は目をみはって二藍についていく。はじめの蔵に入って驚いていたのが遠い昔のようだ。ここにはいったい、どれだけの記録が眠っているのだろう。

　結局二藍が足をとめたのは、陽もほとんどささないような小さな室《へや》だった。こぢんまりとしているものの、今までの比ではなく、厨子棚の隙間を埋めるようにみっちりと巻子や竹簡《ちくかん》、木簡《もっかん》の類いが詰めこまれている。

「さすがに埃《ほこり》が澱《よど》んでいるな。病《やまい》を得てしまう」

　二藍は咳《せ》きこんで、申し訳程度にしつらえてある格子窓《こうしまど》を開け放った。か細い風が室のうちを流れていって、ようやく綾芽も袖を口元からはずす。

「……ここにあるのか」

「そのはずだ。玉盤神《ぎょくばんしん》が訪《おとな》うようになる前に行われていて、かつその後一度も執り行われていない祭礼の記録はみなここにある……はずだ」

　二藍は腿《もも》に手を置きあたりを見渡し、小さく息を吐きだした。

「この蔵も、あらかじめもう少々整理しておくべきなのだが、なかなか手が回らなくてな。悪いがここから探してほしい。無論わたしも手を貸そう」

　言いながら、目の前にうずたかく積まれた木簡を確認しだすので、綾芽は驚いた。

「あなたも一緒に探してくれるのか？」

　連れてきてくれただけでもありがたいと思ったのに、記録探しまで手伝ってくれるのか。

「忙しいだろうに、大丈夫なのか」

「構わぬよ。即座に為さねばならぬ務めなどそうはないのだ。後回しにすればよい」

二藍からは、出かける前と同じような軽い答えが返ってくる。

だが綾芽は、言葉どおりに受けとってよいものかと心配になった。これだけ雑然としているると、すぐに目的のものが見つかるとはとても思えない。早くとも一日ふつかはかかるだろう。そのあいだ為すべきことを後回しにしたら、後日しわ寄せが一気にくる。春宮としての役目には、後回しにすらできないことも多いはずなのに。

「なあ二藍、やっぱりあなたの手をわずらわせるわけにはいかないよ。あとであなたが大変になって、身体を壊したらたまらない」

「構わぬと言っているだろう。わたしがしたくてしているのだ」

二藍は聞く耳を持つつもりはなさそうだった。さっさと木簡を引きだして、書かれた日付を確認しだす。

「だけどさ——」

「頼ってくれてもよいだろう。いつもお前に助けられてばかりだからな。ときにはよいところを見せたいのだ」

なにを言っているんだ、と思わず綾芽は目を丸くした。

「あなたのこと、いつも頼りにしてるじゃないか」

本当に、なにを言いだすのかと思った。綾芽など、二藍がいなければ斎庭《ゆにわ》にすら入れなかったくらいのとるに足らない存在なのだ。居場所を与えてくれたのも、知恵を授けてくれたのも、なにも知らない綾芽を友と扱ってくれるのも、二藍だからこそではないか。いつでも頼りにしているし、信頼している。二藍だって同じだろう。背中を預け合えるこの関係にこそ、互いに心地よさを感じているのではないのか。

（なんだ、どうしたっていうんだ）

黙々と木簡を分けていく二藍の横顔を、綾芽は眉を寄せて見つめた。朝から二藍はどことなく変だ。大人の男だからうまくごまかしているが――

（なんというか、拗《す》ねていないか？）

そうだ。怒っているとか機嫌が悪いよりは、拗ねているというのがしっくりくる。

しばらくそのわけに頭をひねってはみたが、見当もつかない。仕方なく綾芽は、正面から尋ねることにした。問々としていたってはじまらない。二藍はやせ我慢ばかりして、本音を隠すことに長《た》けた男だ。それを相手にするのだから、綾芽のほうはいつでも全部さらけだすつもりでないと。

「なあ二藍――」

口をひらこうとしたとき、「二藍さま」と、扉の向こうから控えめな声がかかった。綾芽が扉をひらけば、書司《ふみのつかさ》の女官が両手で盆をさしだしている。盆の上には文がひとつ。二藍宛てのもののようだ。

二藍はちらと目をやり、なにも見なかったかのように一度視線を戻した。とはいえもちろん無視などできないから、小さく息を吐き、木簡を置いて女官に歩み寄る。

「文か。どちらからだ」

「鶏冠宮でございます」

「……大君からか。ならばすぐに拝見せねばなるまいな」

なぜか綾芽に瞳を向けてから、二藍は気の進まない面持《おもも》ちで文をとった。女官をねぎらい帰したのちに文をひらく。目を通すうちに、形のよい眉がひそまっていく。

「どうした？　なにか厄介ごとでも起こったのか」

「そのようだ」

二藍は嘆息を押し殺し、文を懐にしまった。「また厄介な祭礼を執り行う必要が出てきたかもしれぬ。疾《と》く参上せねばならないようだ。悪いが――」

「大丈夫、連れてきてくれただけで助かったよ。ありがとう」

二藍が落ちこんでいるのが手にとるようにわかって、綾芽は急いで言った。

「きっちり進めておくし、わからないことがあったら女官のみなさまにお尋ねするようにする。書物や木簡も気をつけて扱うよ。心配しないでくれ」

「心配などしてはおらぬよ」と二藍は表情を和《やわ》らげた。「では、こちらのことは頼んだ。あとでどのようだったか教えてくれ」

「わかった。あなたのほうの厄介だっていう話も教えてくれるか?」

「無論だ。今宵はおそらくせわしないゆえ、明日……も無理か」

「いつでもゆくよ」二藍が肩を落とすので、綾芽は笑って元気づけた。「あなたが手すきなときに呼んでくれ」

そうしよう、と笑みを返し、二藍は去っていった。

（いつも、あのひとは大変だな……）

つい哀れんでしまう。二藍には、為すべきこと考えるべきことが多すぎるのだ。おまけに神ゆらぎである自分の身体や立場を常に鑑《かんが》みねばならない。

綾芽が正式な妃として立てれば、すくなくとも斎庭のことは多くを肩代わりできるのだが、現状ではそれも難しい。希有《けう》なる物申の力を隠しておくために目立ってはならないし、なにより二藍の役目を肩代わりできるほどの知識も経験もないのだ。

そういう自分に、焦《あせ》りを感じることもある。

（いや、だからこそわたしはひとつひとつ、成し遂《と》げねばならないんだな）

そう言い聞かせて焦燥《しょうそう》を振りはらった。できることをすこしずつ増やすのだ。そうしたらいつかは、もっとしっかりと二藍の隣に立てるようになるはずだ。

「とにかくまずは、ここから祭礼の記録をなんとしてでも見つけださなきゃだな」

よし、と袖をまくり、頰を軽くはたいて、綾芽は木簡の束へと挑んでいった。できれば次に二藍に会うときまでに、記録を見つけておきたい。


しかしそうはうまくいかないもので、なかなか目当てのものは見つからない。そもそも書物やら木簡やらがあまりに多いのだ。一目見たときにすでに大量だとは感じていたのだが、いざ山を崩してみれば、そのはじめの印象よりもはるかにおびただしかった。まるで紙が紙を呼んで、勝手に増えているような錯覚に陥《おちい》るほどだ。記録を一枚一枚確認すればなかなか進まないし、百年も遡《さかのぼ》れば文字の崩し方が異なって、そもそも解読できないものがある。尋《たず》ねにゆけば書司《ふみのつかさ》の女官はみな懇切丁寧《こんせつていねい》に教えてくれたが、とはいっても読めないものに当たるたびにいちいち確認しているからまた時間を食う。

結局最初の日は半日かかって、室《へや》の端も端、古びた小ぶりの厨子棚《ずしだな》の一段目が終わっただけだった。こんなことでは、祭礼にたどりつく前に柚子《ゆず》の木が枯れてしまう。

それで次の日は、日がのぼるやいなや開門した北文書院《きたもんじょいん》に飛びこんで、みっちりと刻《とき》を過ごした。初日より手際《てぎわ》はよくなったが、やはり求める記録にはたどりつかない。

　そうして書物の束を片付けて、しかし捜し物にはたどりつかないまま数日が過ぎたある日のことだった。

　その日も閉門間際《まぎわ》まで粘った綾芽《あやめ》は、疲れはてて二藍《ふたあい》の居所《きょしょ》である尾長宮《びちょうぐう》に戻った。女嬬《にょじゅ》としての綾芽に用意されている狭い室にぐったりと崩れこみ、届いているはずの夕餉《ゆうげ》を探す。米を握った屯食《とんじき》を届けてほしいと頼んでおいたのだ。それを食べてすぐ寝てしまおう、明日も早いのだから。

　だがいくら探しても屯食は見つからなかった。おかしいなと首をひねっていると、几《つくえ》の上に書き置きがあるのが目に留《と》まって、綾芽ははっと手にとった。

　思ったとおり、それは二藍からだった。二藍の美しい字で、「そんなものばかり食べていたら身を壊す。夕餉をともにしよう」という主旨《しゅし》の文章が書かれていた。

　綾芽はすぐさま飛んでいった。

「よく来たな」

　人払いされた室では、二藍が笑みで迎えてくれた。前にはふたり分の御膳が用意されていて、落ち鮎《あゆ》のよい香りが漂っている。

「今日は暇《ひま》があるのか?」

「あるから呼んだのだ」

二藍はおかしそうに、綾芽に着座を促した。夕餉をともにするのは久しぶりで、綾芽の心も弾《はず》む。あれだけ横になりたかったのに、疲れもどこかへ去っていった気がする。

なにより空腹だということに今さら気づいた。このところたいしたものを食べていなかったのだ。二藍も察してくれたらしく、話は食後にしようと促《うなが》した。ありがたく、綾芽は茄子《なす》のなますやら、豆の入った羹《あつもの》やら、彩り豊かな品々に舌鼓《したつづみ》を打った。

最後によく冷えた金桃《かねもも》をいただいて、綾芽はすっかり満足して息を吐いた。

「美味だったか」と言う二藍の声に、深くうなずいてみせる。

「うん、とても。呼んでくれてありがとう」

「ならばよかった。近頃朝も夜も屯食ばかりを食していたと聞いた。根《こん》をつめすぎるのはよくないな」

「なかなか記録が見つからなくて。急がないと柚子の木が食べられちゃうだろう？」

「焦《あせ》らずともよいのだ。今のところは柚子使《ゆずし》がひたすら幼蟲《ようちゅう》をとりのぞき、別の木へと運んでいるから、葉の食われようもやや抑えられているそうだ」

「とはいっても見落としもあるだろう？　親の蝶を移せなければいたちごっこだしな」

どちらにせよ早く祭礼までこぎつけないと、問題は解決しない。

「もうすこしだと思うんだ。あの室《へや》の半分は確認したから、もう半分。数日中には見つけられると思う」

「ひとりでそこまで進めたか。それは頑張ったな」

二藍が心から褒《ほ》めてくれるので、綾芽は照れくさくなってごまかした。

「大君《おおきみ》のためだからな、頑張らないと」

饗宴《きょうえん》で大君の賞賛に与《あずか》ったときも嬉しかったが、やはり二藍が認めてくれるとなにより満たされる。

と、脇息《きょうそく》にもたれてくつろいでいた二藍が、急に姿勢を正した。

「どうした？」

「いや」

なにか言いたそうだがなにも言わない。綾芽が首をかしげていると腰をあげて、几帳《きちょう》の陰から両手に抱《かか》えるくらいの、細かい格子《こうし》に編まれた籠《かご》をとりだした。

「お前は天揚羽蝶《あまあげはちょう》を飼ったことがあるか」

「ないけど……」

「ならばこれを持ち帰るとよい」

そう言って籠を渡してくる。綾芽は覗《のぞ》きこんで思わず声をあげた。中には葉のついた枳殻《からたち》の枝がいくつか、それに鮮やかな緑色の幼蟲が入っている。

「これ、揚羽の仔だな」

「そうだ。柚子使に命じて捕まえさせた。飼ってその質《たち》をよく見極めておけば、祭礼を蘇《よみがえ》らせることにも役立つかもしれぬと思ってな。どうせお前は、記録を見つけただけで手を引くつもりなどないのだろう?」

「……気づいてたのか?」

さすがは二藍だ。綾芽は感服した。

そう、記録を見つけたから解決ではない。あくまで目的は祭礼を蘇らせることだ。高子《たかこ》は綾芽に記録を見つけろとしか言わなかったが、綾芽はそこで満足するつもりはなかった。そのあと、文字の羅列から実際の祭礼を興《おこ》すところまできちんと貢献《こうけん》してこその、誰もに胸を張れる斎庭《ゆにわ》の女官だ。

だが、自分の実力がいかほどなのかは綾芽も重々悟っている。文字から祭礼を蘇らせるのはいたく難しい。知恵も知識も経験も綾芽をはるかに凌駕《りょうが》する高子や常子《つねこ》の前で、綾芽ができることなどあるのだろうかと少々不安に思っていた。

そこで揚羽を実際飼ってみろと二藍は言っているのだ。鳥獣や蟲《むし》の神とは、えてして本物の獣や蟲の性質を受け継いでいる。昔人《むかしびと》もそれを当然把握していたから、揚羽蝶の神のことも、本物の天揚羽の性質をうまく用いて導いたはずだ。つまり、もし文字の上から祭礼の真髄《しんずい》が見いだせなくとも、本物の蝶をよく見ておけば、祭礼を蘇らせる手助けとなるかもしれない。綾芽も力になれるかもしれない。

そう考えたからこそ、幼蟲を渡してくれたのだろう。

「ありがとう、飼ってみるよ。それでなんとか高子さまたちのお役に立てるよう頑張る」

「そうするといい」

「それにしても、あなたはほんと、いろんな策を思いつくんだな。そうしてどんな神招きもうまく成し遂《と》げて、わたしのことも助けてくれるんだ」

緑の幼蟲は丸々と太ってどこか愛らしい。蟲も眠るものなのか、今は枳殻の上でじっとしている。にこにこと籠を眺めていると、二藍はどことなく気まずげに身じろいだ。

「買いかぶりすぎだ。どんな神招きでもうまく成し遂げられるわけはない。現に今も、困りはてている」

綾芽は籠から目をあげた。

「そういえば、あなたは今なにをしているんだ。先日の厄介ごとへの対処か？　どんな話だったんだ、ずいぶんと忙しそうだけど」

二藍は小さく息を吐くと座りなおし、実はな、と口をひらいた。

「運を左右する、面倒な神招きを行わねばならなくなったのだ」

兜坂国《とさかのくに》の北方の海を渡ると、亜馬島《あまじま》という、いくつかの島から成り立つ諸島がある。島ごとに異なる部族が住んでいて、兜坂の北端の笠斗《かさと》や朱野《あけの》の邦《くに》と交易を行うこともあった。

しかし数十年ほど前から、その亜馬島のいくつかの部族が笠斗の沿岸を襲うようになった。兜坂の外庭《とつにわ》は軍団を遣《つか》わして幾度も追い払っていたのだが、次第に相手も対抗策を練って、いくつかの部族で徒党を組んだり、防備が手薄い郡《ぐん》を狙って奇襲をしかけたりしてくるようになり、どうにも苦戦していたという。

「とはいえここ数年はめっきり襲撃も減っていたのだがな。先日、笠斗から飛駅使《ひえきし》が急ぎの知らせをよこした」

「また襲われるようになったのか？」

飛駅使が遣わされるのは、本当に急を要する知らせのみだ。

「そうだ。しかもかなり悪い知らせだった」と二藍はとじた扇《おうぎ》を額《ひたい》にあてた。「笠斗の離島のひとつが夜襲されて、島守《しまもり》の館までが焼け落ちる被害がでたのだそうだ。島守らは勇ましく戦ったのだがな、亜馬島の者どもは体格がよい。急襲されて組み打つ羽目となると、こちらの分は悪すぎる」

里の民《たみ》も軍団の兵士も、ほとんどが農民漁民の出である。対して亜馬島は略奪を生業《なりわい》とする屈強な者も少なくなく、しかも多勢に無勢だった。それで奮戦むなしく、小さな島の里は炎に包まれたのである。

「……むごい話だな」

「まったくだ。それで外庭も、これ以上のさばらせるわけにはならぬと本腰を入れて、次こそ完膚《かんぷ》なきまでに打ちのめし、追い払うと決めたのだ」

大きく威力のある弓を扱う弩師《いしゆみし》を国中からかき集め、笠斗の軍団へ送りこんだ。都からも戦巧者《いくさこうしや》で知られる将軍をはじめ幾人も派遣して、どこから襲われようと迎え撃つ用意を調《ととの》えている。

「だがあちらも愚かではないから、当然我らが構えていると知っているだろう。それに捕らえた亜馬島の者を検分すると、用いている武具が明らかに以前よりも上等なものに変わっている。どこぞの国から奪ったか交易で得たかはわからぬが……どちらにせよ、次は気の抜けぬ戦になる」

ゆえに、と二藍はすこし疲れた顔をした。

「我ら斎庭《ゆにわ》も、その戦を支えるような神招きを求められたわけだ」

「それがこのあいだ、あなたが呼び戻されたわけなんだな」

「そうだ。戦神《いくさがみ》を招き、勝利を祈念《きねん》するよう命じられてな」

「戦神……そんな神がいるのか？」

初めて耳にする類《たぐ》いの神だ。兜坂で招く神は大きく分けて三つ。自然を司《つかさど》る神、怨霊、玉盤神《ぎょくばんしん》だ。戦神はどこにも属さないように感じられる。

「いったいどんな神なんだ。士気をあげるのか、それとも勝てるよう導いてくれるのか」

「どちらでもない。戦神とは呼んでいるが、戦に限った神でもない。運を左右する神と言われている」

「運？」

そう、と二藍は扇をひらいて、投げるそぶりを見せた。

「この扇を今から放り投げてみせよう。床に落ちたとき、表と裏どちらが我らに見えていると思う？」

「それは……落ちてみなきゃわからないよ。どっちもどっちだ」

「そうだな」と二藍は扇を放り投げて、落としてみせた。くるりと回って畳に落ちた扇は、表が天を向いている。

「どちらが出るかは運だが、戦神と呼ばれる神は、それを左右できるのだ。もしうまくもてなすことができれば、運を引き寄せられる。つまりわたしがこの扇の表を出したいと願うのなら、十中八九表が出るようになる」

「……すごいな。強力な神じゃないか」

綾芽はぽかんとしてしまった。思ったとおりに物事を動かせるなんて、それこそ理《ことわり》の神である玉盤神をも超える力だ。

だが疑問も感じた。

「それだけすごい神なら、ことあるごとに招かれそうだけど……そうでもないな」

今までも何度か幸運を祈らずにはいられないときはあった。だが呼ばれたためしがない。

「なにか弱点というか、扱いづらさもあるんだろう？」

そのとおりと二藍はうなずき、扇を拾って丁寧に畳んだ。

「この神を招くのは極めて難しくてな、七面倒な手順を踏まぬと斎庭《ゆにわ》に降りもしない。しかもどんな願いも左右できるわけではない。今のところ我らがこの神をうまく扱えるのは、戦運をはじめとしたわずかな事柄に対してだけだ。それらさえ、実際に斎庭に降りるかは為《な》してみねばわからぬし、運を引き寄せる試みが成功するとも限らない」

どんな願いに対しても招き寄せられるわけではないのだ。戦《いくさ》に関しては一応、成功する場合の手順がわかっているから、試してみる価値もあるということだろう。

「だけどまだわからないな。戦って、運を左右すれば勝てるものなのか？」

「無論、将軍の指揮の腕やどのように守り攻めるか、兵士や武具の数なり質なりもおおいに効いてくる。だが結局最後は運なのだ。どこにいつ敵が押しよせるか、ある程度は相手の出方を読むことになる。そしてその読みが当たるかどうかが勝敗を決することもある」

「運がよければよいほど、戦を有利に進められるわけだな」

「そうだ。これは戦のあらゆることに言える。将軍や、兵を実際に指揮する軍毅《ぐんき》と呼ばれる高官に流れ矢が飛んできたとする。それが当たれば、たちまち我が軍は崩れてしまうだろう。ゆえに我らは矢が逸《そ》れる運を引き寄せたい。逆にこちらが相手の大将の首をとるなり生け捕るなりできれば、おおいに優勢となる。つまり大将を射貫《いぬ》く運も必要となる」

綾芽はうなずいた。だったら戦神を招き、祭礼を成功させるのは大切なことだ。なるべく早く、すんなりと戦が終わればいい。いつまでも決着がつかず、互いの身を削るようなものになるよりはそちらのほうがずっといい。

（だけど――）

とじた扇を手の中で遊ばせている二藍を見やり、綾芽は思った。

（二藍は浮かない顔をしているな）

戦神を呼ぶこと自体に気が進まないわけではないだろう。一刻も早く北の地を守らねば民草が苦しむだけだ。

だとしたら。

「……その祭礼を成功させられるかが心配なんだろう？」

尋《たず》ねてみれば、二藍は顔をあげてすこし目をみはった。それから頰を緩《ゆる》めた。

「よくわかったな」

「そりゃわかるよ」

一年近くもともにいるのだ、細かな心の動きだってそれなりに理解できる。

「実はそうなのだ」と二藍は、扇を懐《ふところ》に収めて足を崩した。「運を引き寄せるには、この戦神を招いて、とある遊びというか、勝負をせねばならない。これを用いるのだが」

言いながら傍《かたわ》らの文箱《ふばこ》をひらく。中を覗《のぞ》いて綾芽は思わず歓声をあげた。

箱の中身は貝殻《かいがら》だ。大きさと形が蛤《はまぐり》に似た貝が、箱を埋めつくすように数十枚、整然と伏せられている。しかし色は蛤とはまったく違う。綾芽が驚いたのは、貝殻の色があまりに鮮やかで、色とりどりであることだった。

数十の貝はそれぞれ表の色が異なっていて、似た色同士が隣り合って並べられている。一番端は真っ赤な貝殻で、その隣は赤色にほんのわずかに黄みがさしたものだ。さらに隣になるとますます黄みがかって橙《だいだい》の色である。すこしずつ色が移っていく。赤から橙、黄、緑に青、そして藍《あい》を経《へ》て紫に至る。

「虹みたいだな……」

「そうだろう。ゆえに虹貝という名をもつ」

目を丸くしている綾芽に、二藍はそう教えてくれた。

「育つ場所に合わせてさまざまな色に変じるらしくてな。とくに色が鮮やかなものを並べると、このように虹のごとく見えるゆえ、虹貝と呼ばれている」

「ものすごく綺麗だな。初めて見たよ」

「わたしも神招きの道具としてしか見たことがない。人には手の届かぬ深海に住まうものゆえ、普通は目にすることすらできぬのだ」

美しいものを前にしているのに、二藍の口ぶりは苦い。それで綾芽は悟った。

「……なるほど。この貝殻は、さっきの戦神っていうのが携《たずさ》えてくる品なんだな」

人の手に届かぬものが斎庭《ゆにわ》にある理由はひとつ。神が持参するからだ。

「そうだ。戦神は斎庭を訪れるたび、新しき虹貝の貝殻を合わせて二十枚携えてくる。我らとの遊びに用いるためだ。そして戦神は我らの前で、そのうちのひとつに印をつけるのだ。このように」

二藍は箱のうちから、冬の空のごとく澄んだ、鮮やかな色の貝を手にとった。藍の色に似ているが、もっと眩《まぶ》しい。見たことのない色だ。

そして綾芽の目の前で裏返した。貝殻の内側には、金泥《きんでい》で簡素な矢の絵が描かれている。それが、戦神がつけた印らしい。

綾芽が確認したとみると、二藍は矢の描かれた貝を箱に戻し、全体を大きくかき混ぜた。そして箱のうちの貝を、ひとつずつ伏せたまま綾芽の前に並べていった。

「印をつけると、戦神はこのようにして貝殻を我らの前に並べる」

「わかってきた。この並んだ貝の中から、さっきの印のついた貝を当てられるかっていうのが戦神の持ちかける遊びだな」

「そのとおりだ。めでたく矢のある貝を選びとれれば我らの勝ち、運を引き寄せられる」

戦の運もおおいに上向く。

「……そんなに勝つのが難しい遊びでもない気もするけど」

二藍が心配になるほど難度が高い勝負とは思えず、綾芽は首をかしげた。確かに貝の形はみな似通っているし、二十もある。だがこの貝はそれぞれ色が異なるのだ。藍めいた貝に印がつけられたのなら、もう赤や黄を気にする必要はない。候補は数個まで絞られる。

綾芽はさきほど色を覚えた、矢が描かれているはずの貝を裏返した。やっぱり当たりだ。

だが二藍は、浮かない顔で眉を寄せた。

「確かに、このような虹のごとき色合いを神が用意した場合は容易かもしれぬ。だが」

と別の箱を三つ、綾芽の前に置いた。蓋《ふた》がひらかれて綾芽は言葉を呑んだ。そこにはさきほどと同じく、箱ごとに二十の貝殻が伏せられている。だが虹のような色の組み合わせにはなっておらず、一番右の箱には赤から橙に近い色のものだけ、中央は黄から緑に近いものだけ、そして左の箱には、紫からさきほど二藍が手にとったような、鮮やかな空の色に近い貝だけが二十、それぞれ収まっている。

「実際戦神がどのような貝を持ってくるかというと、ここにあるがごとき似た色の組ばかりだ。無論、よく見ればそれぞれ色は異なる。だが隣り合う貝同士の色が、さきほどとは比べものにならぬほど似通っているだろう」

言うとおりだ。同じような色ばかりがあるから、隣り合う貝の色は、さきほどより変化に乏《とぼ》しい。右の、赤めいた箱はかろうじてすべての貝の色に見分けがついたが、左の藍がかった箱など、目を近づけてじっと見比べても同じ色にしか見えない貝がいくつもある。

綾芽はそれぞれの箱のうちから金の矢があるものを確かめて、再び他の貝と混ぜ合わせてから見つけだそうとした。だがまったく当たらない。とくに藍色の箱は、何回試しても一度や二度では当たりにたどりつけない。

「……難しいな」

「だろう。そしてこの難しさが、この祭礼をいたく厄介なものにしている。幸運にも一度で金の矢を描いた貝を当てられればなんの問題も起こらぬのだが」

失敗しても、また次の貝を引くことはできる。だが二枚、三枚と裏返す数が増えてゆくほど、こちらが引き寄せられる運気はさがっていく。味方の助けとなるほどの運が与えられるのは、せいぜい五度目までに正解にたどりついた場合だ。

「てことは、なんとかして早めに当たりを引かないといけないいんだな」

「そうだが、さらに難儀なことがある」

「なんだ」

「別の貝を選びなおすには、贄《にえ》がいるのだ」

「……人の命と引き換えなのか」

「はじめのひとつにだけは贄はいらぬ。だがそれを外してしまい二枚目を選ぶとなると、こちらは神にひとりさしださねばならぬ。三枚目ならふたり、四枚目なら倍の四人。あっという間に増えていく」

そんな、と綾芽は虹貝を見おろした。これだけ貝の色の見分けが難しければ、どんなに運がよくとも数枚は試す羽目になるだろう。

そうするごとに人が死ぬ。

「そんな祭礼、ほんとにしなきゃいけないのか？」

「戦に向かう兵士の五千を生かすために、斎庭《ゆにわ》の十や二十をさしだすことにとやかくは言えぬ」

「だけど――」

「とはいえ神招きは戦ではない。どれだけ戦に似ていようと、相手は人でなく神だ。ゆえに贄となる者は当然として、死を命じねばならぬ者へも負担が大きい。誤った貝を選んだ刹那《せつな》に人がなぶり殺されるなど、どれほど気丈《きじょう》な花将《かしょう》の心も蝕《むしば》む仕打ちだ」

ゆえに、と二藍は箱に貝を戻しはじめた。

「どの貝を選ぶかは、祭礼を行う花将ではなくわたしが決める。祭主はわたしの命じたとおりに貝を裏返せばよい。さすれば目の前で人が幾人《いくたり》死んだところで心を病《や》むことはない。誤ったのは己《おのれ》ではないからな」

「あなたが代わりに責めを引き受けるっていうのか？　そうやって誰かを守って、あなたが傷つくのか」

あまりにもあっさりと言うので、綾芽は思わず声を強めた。自分の失敗で簡単に人が死んだら、二藍もつらいに決まってるだろうに。

だが二藍は、「傷つかぬよ」と気にも留めない。

「祭礼を担《にな》えぬ神ゆらぎの男など、こういうときのためにこそ斎庭にいる」

そうなのだろうか。綾芽は違うと言いたかった。いつもこうして、二藍は汚れ仕事を引き受ける。もうすこし自分を大切に扱ってくれてもいいのに。

「……戦神がどの色の貝を持ってくるかは、まだわからないんだろう？　赤っぽいやつだといいな。そうしたら、初手で当てられるかもしれない」

せめてもの期待で言ってみると、室の端へ箱を片付けていた二藍は小さく笑った。

「残念ながら予想はできている。こたびは、さきほど左に置いてあった箱のような、藍色めいた貝を持参するだろうな」

「そんな」

藍色の箱はもっとも見分けるのが難しく、初手で当てるのなどほとんど無理ではないか。

「……二藍」

「とはいえ心配はいらぬよ。わたしとていたずらに贄をさしだしたくないし、強い運を引き寄せられるほうがよい。ゆえに、一度の試みで決着をつけられるうまい策を考えてみることにしよう。祭礼を執り行うまでにはまだ日がある。藍めいた色というのは、人の目には見分けることがたいそう難しいとは言うが、わたしは神ゆらぎゆえ、ただびとよりはどうにかなるかもしれぬ」

軽い調子で言うと、二藍はそれでは、と室《へや》を出てゆこうとした。

「もうゆくのか」

「ゆっくりしていたいのだが、忙しくてな」

そうか、と綾芽はつぶやいた。やせ我慢をしがちな二藍が自分で忙しいと言うのだから、本当に目が回るほど忙しいのだ。今この逢瀬《おうせ》の刻《とき》も、無理してあけてくれたのだろう。

だから名残《なごり》惜しい気分を押しとどめて、笑みを作った。

「今日は会えてよかったよ。涼しくなってきたから身体を壊さないようにな」

「お前こそ、根をつめすぎてはならぬよ」

「そうする。なるべく早く片をつけられるようにするよ。そうしたらわたしも、貝を見分ける方法がないか一緒に考えるから」

言ったそばから、と二藍は苦笑して振り向いた。

「お前は天揚羽蝶のほうに力を注げばよいのだ。大君に健《すこ》やかでいていただくことも、国にとってはしごく大切だ。お前には説くまでもなかろうが」

「わかってる。もちろん手を抜くつもりはないよ」

と綾芽は、蟲籠《むしかご》を持ちあげてみせた。

「あなたがくれた揚羽の幼蟲を大事に育てて、よく様子を窺《うかが》ってみる」

「そうするとよい。きっと祭礼にも役立つだろう。もし役立たずとも――」

二藍は一瞬言葉をとめてから、なにごとかを言いかけた。

「なんだ？」

綾芽は首をかしげる。だが二藍は、綾芽の問いには答えなかった。その代わり、

「幼蟲は二匹いる。一匹には綾《あや》と名づけておいたから、もう一匹のほうには好きな名をつけるとよい」

とだけ言うや、「またな」と告げて御簾《みす》の向こうに去っていってしまった。

「あ、うん、またな……」

あまりに早足だったので、綾芽はそれ以上なにも言えずに見送った。結局二藍はなにが言いたかったのだろう。

とはいえ今さらどうにもならず、仕方なく狐《きつね》につままれたような気分でひとり籠に目を落とした。確かに揚羽の仔は二匹いて、どちらも青みがかって丸々としている。いつのまに目覚めたのか、短い手足を懸命に動かし枳殻《からたち》の葉を食《は》んでいた。頭に大きな黒目のような模様があって、ことに愛らしい。

二藍は、一匹には綾と名づけたと言っていた。

「……綾はどちらだ？　というか二藍、なぜ一匹だけに名をつけたんだ」

そう自分でつぶやいたとたんに綾芽は気づいた。

（ああ、そういうことか）

間違いない。

頬を緩めて籠の蓋をあけた。幼蟲の頭をつんとつつくと、にゅっと金色の角が伸びて綾芽を威嚇《いかく》する。角からは甘ったるい匂いが漂って、脅《おど》しているはずなのにかわいらしい。

「まったく、あなたって結構寂《さび》しがり屋だな」

この場にいない男へ向けるように、綾芽は角を振りかざす緑の蟲に笑いかけた。

翌朝、綾芽は明け方に起きだした。雀の声が響く中、枕の傍《かたわ》らに置いておいた蟲籠を検《あらた》める。すこし枳殻《からたち》の葉を足したほうがよいかもしれない。

それから身支度を調えて、蟲籠を携え北文書院へと向かった。書物を繙《ひもと》き、疲れたら屯食片手に蟲籠を眺める。二匹の蟲は相変わらずのんびりと葉を食んでいて、見ているだけで心が和《なご》んだ。

（なんだか、思った以上に癒《い》やされるな……）

二藍こそ、こういう愛らしい蟲などをそばに置いておくべきなのではないかと思う。心癒やされるだろうに。

そうして蟲籠を手に文書院に通って数日が過ぎたある朝のことだ。

一匹がまったく葉を食べなくなった。それどころか枝の上でじっとして、ほとんど身動きもしない。病にでもかかったのかと綾芽は心配になったが、もう一方もすぐに同じようになったので腑《ふ》に落ちた。

——そうか、この仔らは蛹《さなぎ》になるのだ。

硬い皮のうちでじっくりと姿を変える。そうして美しい空色の蝶となり、もう一度姿を現すに違いない。

そうとなったらあまり籠を揺らさないほうがいい。綾芽は室《へや》に蟲籠を置いて、ひとり文書院へ走った。蟲だって変わろうとしているのに、綾芽ばかりがいつまでも前に進めないままでは困る。書物の山の残りもあとすこしだ。今日、必ず見つけてみせる。そう決意して捜し物に没頭した。

そして閉門の刻ぎりぎりに、

「あった！」

とうとう目指す揚羽の神の記録を、見つけだしたのである。

「確かにこれは、かつて揚羽蝶神を招いた際の祭礼の記録ですね」

高子の妻館《つまだて》に、綾芽は見つけた書物を持っていった。高子とともに中身を検めた常子は、綾芽のさしだした書物にひととおり目を通すと目元を緩める。

「よく見つけだしましたね。大変だったでしょうに」

「いえ、よい学びになりました」

と綾芽は照れ笑いを返した。なかなか見つからず焦《あせ》りはしたが、今となってみれば、さまざまな記録に目を通せてよかったとも思っている。数多の女官が斎庭《ゆにわ》に生き斎庭を支えてきた過去が、実感として心に収まったのだ。

「それはよきことです。が、わたくしはもう少々早く見つけられるかと思っておりました。引きが悪いというかなんというか。あの室《へや》のうちにあるほとんどの記録を検分したあげく、最後の最後に出てきたのでしょう?」

高子の鋭い指摘に、綾芽はしゅんと小さくなった。それはそのとおりだ。右方ではなく、左より始めておけばよかった。そうすれば一日ふつかで見つけられただろうに。

「ですがまあ、見つかったのならよしとしましょう。それにしても」

と高子は、常子とは別の冊子《さっし》を眺めつつ綾芽を問いただした。

「こちらの冊子はどうしたのです? 紙も新しいですし、あなたが作ったものですか?」

綾芽が、見つけた書物と一緒に渡したものである。綾芽は背を正して、はい、と答えた。

「見つけた古い記録を読んで、自分なりにまとめたものです」

探しだした古い書物には、ありがたいことに記録ばかりではなく、祭礼次第の詳細までもが添えられていた。逸《はや》る気持ちを抑えて、綾芽はまずはそれをじっくりと三度は読んだ。それから書司《ふみのつかさ》の女官に几《つくえ》と紙を貸してもらって、祭礼の準備に必要なもの、大切と思われる点を書きだしてまとめておいたのである。

さらさらとめくりながら、高子は続けて問いかけてくる。

「このようにまとめてわたくしのもとに参じたのは、春宮《はるのみや》に命じられてのことですか？」

「いえ」と綾芽は質問の意図が読めないまま答えた。

「わたしが勝手に考えてしたことです。と申しましても二藍さまは常々、己が関わった祭礼については、自分なりに記録し、まとめるようにと仰《おお》せですが」

経験を根づかせるのには、それが一番確実だと言う。

「そのご助言どおりに、こたびも為したというわけですか」

「はい」

「ではあなたは、祭礼の記録を見つけたのち春宮にご判断を仰いではいないのですね？」

「まさか。二藍さまはたいへんお忙しいですから」

「そうですね」

「……あの、わたしは余計なことをしましたでしょうか？」

綾芽は恐る恐る尋ねた。もしかしたら高子は、記録を見つけたのにすぐに持ってこなかった綾芽に怒っているのかもしれない。確かに自分なりにまとめた冊子を添えたのは、このあとも関わらせてもらいたいという目論見《もくろみ》ゆえだった。やる気を見せれば、認めてくれるかと思ったのだ。

と、高子はふいに顔をあげて、嘆息交じりに綾芽に語りかけた。

「綾《あや》の君《きみ》。わたくしは疑問の点をただしているだけですよ。余計なことであるものですか。祭礼とは、いざ神が降りられてから始まるわけではございません。それまでに八割がたは成否が決しているものです。人任せ、記録任せにせずに、己の手で文献を繙《ひもと》き理解しようとするのは、神を招く者としてあるべき姿、当然の態度とも言えます」

「……仰《おつしや》るとおりです」

「ですが、わたくしは安堵《あんど》いたしましたよ」

と高子は打って変わった笑みを浮かべる。

「春宮は、あなたにきちんと妃《きさき》としての責務をお教えしているようですね。すくなくとも、単にご自分のおつらさを減じるためだけに、あなたをおそばに置いて猫かわいがりしているわけではない」

なんとも優雅な微笑みではあったが、含意《がんい》を悟って綾芽は冷や汗をかいた。そうか、この二の妃は、二藍が綾芽を友や隣に立つべき妃ではなく、それこそかわいらしい猫のように扱っているのではないかと危ぶんでいたのだ。それで綾芽の冊子についても問いただした。高子に認められるように、二藍が入れ知恵しただけかもしれないと考えたのだ。

　綾芽は慌《あわ》てて言った。

「猫かわいがりなどなされません。妃として——斎庭《ゆにわ》の女官としての役目をきちんと果たすようにと仰せです。二藍さまは神祇官《じんぎかん》としてもご立派な御方ですから」

「ええそうですね。ですからわたくしは、あなたがその春宮のご期待に応《こた》え、胸を張って春宮妃《はるのみやひ》を名乗れるようになれればよいと祈っておりますよ」

　間髪《かんはつ》をいれずにそう返ってきて、ますます綾芽は息を呑んだ。

　高子は、これは綾芽の問題だと言っているのだ。

　この高子という女人《にょにん》は、雅《みやび》やかな見た目や高貴な出自から抱く印象に反して誰より地に足がついている。斎庭は後宮《こうきゅう》であるまえに祭祀《さいし》の場。祭祀に力を発揮できない女など、たとえどんなに夫たる上つ御方と想い合っていても妃を名乗るべきでない。そう考えている。

　そんな高子を納得させるためには、綾芽がどれだけ二藍の心を救ったかとか、物中《ものもうし》なる力の持ち主だとかを並べても意味がないのだ。綾芽自身が、自分が二藍の添え物ではなく、二藍がそばにいなくても立派に働けるのだと、斎庭《ゆにわ》の女官としてしっかり役目を果たせるのだと証《あか》さねばならない。

それができなければ綾芽どころか、二藍まで見る目なしだと思われてしまうのだ。

そう気づいたからこそ綾芽は、

「どういたします？　このような冊子も作ったことですし、せっかくです。これよりのちも引き続き、綾の君、あなたが祭礼の用意を取り仕切られますか？」

と高子に問いかけられると、一も二もなく答えた。

「お引き受けいたします」

逃げるわけにはいかないのだ。

「そうですか」と高子は檜扇《ひおうぎ》を揺らして微笑んだ。「まこと、よき心がけですこと。ねえ尚侍《ないしのかみ》」

話を振られた常子は、ええ、と冷静に返しながらも咳払《せきばら》いして付け加える。

「くれぐれも高花《たかはな》のおん方、どうぞお手柔らかに」

「承知しておりますよ」

弾むように返事をした高子は、またしても綾芽に思わせぶりな笑みを向けたのだった。

「――高花のおん方はああ仰りますが、なにもいじめるつもりはないのです」

高子の妻館を辞するとき、わざわざ常子が追いかけてきて、綾芽に言い添えてくれた。

「ですから入り用なものや困ったことがあれば、遠慮せずに相談してくださいね。わたくしも高花のおん方も協力を惜しみません」

心配してくれているらしい。綾芽は笑顔で、そういたしますと返した。

もちろん独断で進められるとは思っていない。祭礼を失敗するわけにはいかないからこそ、嫌がられたって助言を乞おうと考えていた。ありがたく、常子たちの知恵をおおいに借りることになるだろう。

（ただ、二藍の力だけは借りちゃいけないんだ）

そうも自分に言い聞かせた。二藍のため自分のため、二藍なしでも為せるのだと絶対に証明しなければ。

そうして、いかに祭礼を蘇らせ、成功に導くかに頭をひねる日々が始まった。古い記録や祭礼次第は詳しく説明されているが、当時の人々にとって当然だったことほど記されていないし、言い回しに難しいところもある。そういうものに当たったら、つい二藍に尋ねたくなる。いつでも二藍は、綾芽の疑問を正面から受けとめて助言をくれるし、ときには一緒に悩んでくれるのだから。

だが甘えは捨て去った。捨て去るために、なんてことない文すら二藍へは出さなかった。

代わりに、高子の館へ遠慮なく赴《おもむ》いた。

実際高子は協力を惜しまなかった。ことさらやさしくしてはくれないが、綾芽の話を軽んじることもない。必要だから手に入れてほしいと頼んだものもすぐに取り寄せてくれる。

そうして二匹の蝶が蛹として眠るあいだに、綾芽は着々と祭礼の準備を整えていった。

古《いにしえ》の記載のとおり、技ある舞女《まいめ》を五人。

小ぶりの藤のようにこぼれ咲く、藤空木《ふじうつぎ》の花の枝を少々。

極彩色の玉《ぎょく》をふんだんに用いた、舞女の被《かぶ》る宝冠。

舞女がまとう装束《しょうぞく》には、必ず『蝶青色《ちょうあおのいろ》』という特別な色を用いることと記されていたから、高子はわざわざ縫司《ぬいのつかさ》に命じて装束を新調してくれた。目に眩しい新緑の青である。近頃は若い公達《きんだち》が好んで身につける色だそうだ。

装束ができあがるまでに、綾芽は舞女や高子と祭礼の次第を何度も確認した。失われた祭礼を蘇らせるには、不測の事態に備えて念には念を入れた準備が必要なのだ。

そのうちに、木の幹色に変じていた蛹が透きとおってきた。厚い皮の向こうに見えるのは、鮮やかな空色の翅《はね》だ。

そしていよいよ明日には装束が揃うという夜、とうとう一匹が殻《から》を破った。濡れそぼった身体で、乾いた殻からそろりと抜けだしてゆく。頼りない足どりで枳殻《からたち》の枝をよじのぼり、じっと動かなくなった。

綾芽は籠の隙間《すきま》から、固唾《かたず》を呑んで見守った。蝶の翅は、まだ皺《しわ》が寄って萎《しぼ》んでいる。

しっかりと乾いて広がるだろうか。籠は狭くはないだろうか。

はらはらと思いを巡らせる綾芽をよそに、蝶は大きな瞳を微塵《みじん》も揺らがせず刻を待った。萎《しお》れた花が水を得たように、じわりじわりと翅が伸びていく。

そして一刻ほどののち。

天揚羽蝶は張りのある、つややかな色の両の翅をぴんと広げていた。

綾芽はそっと籠の蓋をひらき、四方に御簾をおろした室《へや》のうちへ蝶を放した。祭礼が終われば野に放つつもりだが、それまではここで過ごしていてほしい。

御簾ごしにさしこむ月の光に照らされて舞う蝶は美しく、夢を見ているかのようで、綾芽はしばらくぼうっと目を奪われていた。

しかし、はっとして立ちあがった。見とれている場合ではない。相手は生き物、餌《えさ》をやらねば死んでしまう。

もう一方の蛹も透けてきているのを確認してから、綾芽は尾長宮《びちょうぐう》を出て夜の賢木大路《さかきおおじ》を走り、西女官町《にしにょかんまち》へと向かった。板葺《いたぶ》きの小さな長屋が延々と続く東西の女官町は、斎庭《ゆにわ》に住みこんでいる女官の寮である。来たばかりの娘は必ず迷子になるとも言われているが、何度も足を運んでいる綾芽は勝手知ったるものだ。月明かりのなか立ちどまることなく、目的の戸の前にたどりついた。

「須佐《すさ》、起きて」

控えめに戸を叩くと、ややあって小柄な娘が顔を覗かせる。いたく機嫌が悪そうだ。

「なんなのよ、こんな時分に。膳司《かしわでのつかさ》はどこよりも朝が早いって知ってるでしょ？」

綾芽の友人で、膳司で働く須佐である。近頃官位があがって、念願のこぢんまりとした一人部屋を手に入れたこの娘は、寝起きの目をこすって綾芽を睨《にら》んだ。

「起こしてごめん。ほら、話しておいただろう？　二藍さまが世話せよとお命じになられた蝶が、羽化したんだ。それで餌をもらいに来た」

ああ、と目をとじつぶやいてから、須佐は欠伸《あくび》を嚙みころして綾芽を手招いた。二藍を信奉している須佐は、その二藍から預けられた蝶のためと言われれば無下にできないのだ。

「青蟲《あおむし》、ちゃんと蝶になったのね。そりゃよかったわ。でもなにも、こんな夜中に羽化しなくたっていいのに」

「ほんとだな」と笑いながら、綾芽はありがたく戸口をくぐった。

いつもながら須佐の室《へや》はこぎれいだ。土間も、寝床と几《つくえ》がある板間も、すみずみまで掃除が行き届いている。少々文句が多めの須佐だが、仕事はとても細やかで料理もうまい。それが室の様にも現れている。

「蜂蜜はちゃんと用意しておいたわよ。神饌《しんせん》に使う上物だから、蝶も喜んで舐《な》めるはず」

須佐は土間の隅から、小さな蓋物《ふたもの》を携えてくる。綾芽は礼を言って受けとった。蓋をあけてみると、中ではとろりとした液体が揺れている。確かに蜂の蜜のようだ。これさえあげれば、御簾のうちでも蝶は飢えずにすむだろう。

「ありがとう、助かるよ。舐めさせればいいんだな」

「言っとくけど、このまま蝶に出しちゃだめよ。肢《あし》がべたついたり、翅が汚れて飛べなくなったりしてかわいそうなことになるから。水で薄めたものを布に含ませてやってね」

「どのくらいに薄めればいい」

「そうね……今ここで一度やってみせるわ。布きれってあったかしら」

と須佐が室の中を探そうとしたので、綾芽は急いで懐に忍ばせていたものをさしだした。

「使うつもりの布、持ってきたんだ。蜜がもったいないから、これに染《し》みこませてみてくれないか」

わかった、と須佐はなんとはなしに受けとった。しかしすぐにぎょっと動きをとめて、まじまじと布きれを見やる。

「え、ちょっと、これって……」

と思えばうやうやしく布を両手で捧《ささ》げ持って、驚くべきしかめ面《つら》で綾芽に詰めよった。

「この布、どこで手に入れたの？」

「どこって——」

「これ、二藍さまのお召し物の切れ端じゃない！」

あまりの勢いで顔を突きだされて、綾芽はたじたじとして後じさった。もっとも須佐の剣幕も当然だ。綾芽が渡した布は濃紫色《こきむらさき》。春宮である二藍だけがまとうことのできる高貴な色である。となれば当然この切れ端は、二藍の袍を解いたものに違いないのだ。

「なんであんたがこんなやんごとなき品を持ってるのよ！　ていうかそもそも、これを蝶の餌やりごときに使うつもり？　なに考えてるわけ？」

「違うんだ。ちゃんと理由があるんだよ」

「どんな理由よ」

ぐいぐいと顔を近づけてくる須佐をなだめるように、綾芽は両手を持ちあげた。

「天揚羽蝶をわたしが飼ってるのは、揚羽蝶の神をお招きする祭礼の参考にするためだって話しただろう？」

「聞いたわよ。だからわたしも、筒井《つつい》さまなんかに睨まれつつ、なんとか蜂の蜜を手配してあげたの。でもそれと二藍さまの御衣《ぎょい》を切って餌やりに使うのにどう関係あるわけ？」

「わたしの飼う蝶はいわば、神招きのための蝶なんだ。丁重に扱わねばならないって、二藍さまが御自《おんみずか》ら衣の切れ端をくださったんだよ。もうこの袍は着られないし、かといって色が色だし使いどころもないからって」

先日の祭礼で嵐を呼んだとき、二藍の立派な袍はずぶ濡れになってしまった。しかもところどころが破れてしまい、袍としては使いものにならなくなってしまったのだ。それで二藍は衣を解いて、無事な部分を身の回りのものなどに仕立て直して使うことにしたらしい。この切れ端も、その一部というわけだ。

もちろん、と綾芽は言い訳のように続けた。

「わたしだって、こんなよい布を使っていいのかって驚いたよ。だから気持ちはわかる」

先日、もし羽化したらこの切れ端を餌やりに使えと、急に送られてきたときは驚いた。いくらなんでも、ここまで貴重な布を使う必要はないはずなのだが。

ふうん、と須佐は息を吐いた。

「ほんとに二藍さまがそうお命じになったのなら、それでいいけど」

と納得したようなことを言いつつ、いつまで経っても蜜を含ませようとはしない。濃紫の布を両手で握りしめて、綾芽をじっとりと見つめてくる。

綾芽は困惑《こんわく》して尋ねかけた。

「どうした?」

「……ずるい、わたしもほしい」

「え？」

　須佐は頬をふくらませて、布をぎゅっと胸に押しつける。

「だって二藍さまの衣なんて、わたしは切れ端すら拝領したことがないのよ。なのに蝶はいただけるなんて、あんまりじゃない」

　須佐は不満を通り越して悲しげでさえある。上つ御方の衣を拝領するのは、仕《つか》える者にとってはなによりの褒美《ほうび》だ。それが切れ端だろうがなんだろうが。

　だが須佐は、蝶すらもらえるそれを自分はもらったことがないという悲しい事実に気づいてしまったらしい。それで、二藍に誠実に仕えてきたのに蝶以下の扱いなのかと落ちこんでいるのである。

（いや、違うんだよ須佐）

　そう綾芽は言いたかった。二藍は実際は、己の間諜《かんちょう》として働く須佐をとても信頼しているし、評価もしている。表向きの役目でも、いつかは膳 司《かしわでのつかさ》を率いる者にすらなれると期待をかけている。

　だから須佐の位《くらい》がもっとあがって、よい装束をまとえるようになればいくらでも下賜《かし》してやれるよう、さまざまな品を準備していると綾芽は知っているし、そもそも須佐が一言ほしいと言えば、切れ端などといわず、まるごと衣をくれるに違いない。これまで渡さなかったのはただ、須佐がそんなものをほしがっているとは露《つゆ》も思っていないからだ。

とはいえ、なにも知らない須佐が拗《す》ねる気持ちもわからないでもなかった。

（……仕方ない）

「わかった、じゃあこうしよう」と綾芽はなだめるように声をひそめた。

「この布、すこしだけあなたにあげるよ」

「……いいの？」

「蝶の餌やりに困らない程度なら構わないだろう」

そう言うと、須佐はぱっと顔を輝かせた。

「本当？　ありがとう、恩に着るわ」

あまりに嬉しそうなので、綾芽もついつられて頬を緩めてしまった。こういうところ、この年下の友人は素直でかわいらしい。

さっそく須佐は嬉々《きき》として鋏《はさみ》をとりだし、布の際《きわ》をほんのすこし切りとった。そして首にさげていた守り袋に大切にしまう。斎庭《ゆにわ》に入るとき、匳《くしげ》の邦《くに》の南方に住む母親が縫ってくれたものだそうだ。

須佐はいたずらっぽい顔をしてささやいた。

「あんただってどうせ、ちょっとくらいはもらったんでしょ？」

どうやらすでに、綾芽も一切れいただいたあとだと思っているらしい。

「え、うん、もちろんだよ」

綾芽はごまかし笑いで返した。須佐はまだ、綾芽が本当は春宮妃だと知らないのだ。黙っているのは後ろめたいが、どうしようもない。

それから須佐は、ほどよい量の蜂蜜を布に染みこませてみせてくれた。綾芽は蓋物とともにそれを持ち、礼を言って室《へや》を出た。

（落ち着いたらすぐ、須佐に褒美に衣をあげてほしいって二藍に頼もう）

そんなことを思いながら帰り道を急ぐ。盛夏と比べればだいぶ涼しくなってきて、気持ちのよい風が吹いている。ふと見あげると、丸くふくらみつつある月が高々と輝いていた。

揚羽蝶を放した室に戻ると、さきに羽化したほうは御簾にとまって翅を休めていた。もう一匹のほうも明日には羽化しそうだ。綾芽は蜂蜜を含ませた濃紫の布を、月明かりのさすあたりに置いた。そうしてそっと蝶の翅を摑んで、布の上におろしてやった。

濃紫に降りたった美しい色の蝶は、くるりと巻いていた細枝のような口をついと伸ばして蜜を吸いはじめる。

綾芽は目を細めて、月に青白く映《は》えるその姿を見つめた。

蝶につけた名を思い出したからか、それとも蝶が一心に吸い続ける濃紫の布を眺めていたからか。

ふと、二藍はどうしているだろうかと思った。

——よく眠れているだろうか。疲れていないだろうか。戦神のさしだす貝の見分け方を、思いついただろうか。

二藍のことだから、うまくやっているに違いないけれど。

急に人恋しい気分になって、綾芽はそんな自分にちょっと笑った。


「壮観でございますね」

数日後、いよいよ揚羽蝶の神を招く祭礼を前にして、祭礼装束《しょうぞく》に身を包んだ高子《たかこ》は満足げに己《おのれ》の妻館《つまだて》を見渡した。

白砂《しろすな》が敷かれた庭には、美しく着飾った舞女《まいめ》が五人かしこまっている。みなあでやかな黒髪を美豆良《みずら》のように結いあげて、頭に藤空木《ふじうつぎ》の花を挿頭《かざ》した宝冠を戴《いただ》いていた。

そして揃《そろ》いの装束は、女舎人《おんなとねり》の衣《ころも》をあでやかにしたような出来で、『蝶青』の新緑のごとき眩《まぶ》しい色に、朱や黄で鮮やかな蝶の刺繡《ししゅう》が散らされている。舞女たちはみな、竹の骨に布を張って蝶の翅《はね》を模したものを背負っていた。極彩色の模様が描かれたそれは、さながら本物の天揚羽《あまあげは》の翅のようだ。

「絵姿から蘇《よみがえ》らせたものですが、絵で見るよりも美しく感じられますね」

と高子は几帳《きちょう》のうしろに控える綾芽《あやめ》に声をかける。

はい、と綾芽は目を輝かせうなずいた。なにせ失われた祭礼の装束だから、ここまで用意するのは大変だった。縫司《ぬいのつかさ》にも無理を言って、何度も手直しをしてもらったのだ。

だがそれだけのものになったと、綾芽は自画自賛した。とても華やかだ。舞人《まいびと》の装束は煌《きら》びやかなものが多いが、この蝶の装《よそお》いにはどんな舞装束にも負けない美しさがあり、見目よい舞女たちをさらに引き立てている。

「さて、見とれている場合ではございませんね。祭礼の次第は、先だって話し合ったものでよいのでしょう？」

高子の声が飛んできて、綾芽は目の前の様子をすばやく確認した。派手《はで》やかな舞女が並ぶ白砂の庭には、左右の端にふたつ、小さな台がしつらえてある。

片方には、青々と茂った柚子《ゆず》の枝。

他方、棘《とげ》も鋭い枳殻《からたち》の枝。

それぞれ大甕《おおがめ》に活《い》けられて、荒縄と五色《ごしき》の布で飾りつけられている。実は柚子のほうは偽物《にせもの》だ。枝に、絹で作った葉を貼りつけただけなのである。これも古《いにしえ》の次第どおり。

つまり準備は万全だ。

「はい、よろしくお願いいたします」

綾芽は自信をもって告げた。書物どおりに再現されている。間違いもない。

すると高子は、大ぶりの藤空木の花を一枝ずつ、舞女に与えた。そうして「それでは神をお招きいたします」と宣し、青い柚子の実を捧《ささ》げた神籬《ひもろぎ》に向かって祭文《さいもん》を唱えはじめる。

ほどなく、神籬に掲《かか》げられた円鏡《まるかがみ》がきらりと光に揺れる。

かと思うと神籬の上に影がさした。影の主《ぬし》は何者かと見あげて、綾芽は息をとめる。

空に、美しい装束をまとった人の形をしたものがいる。

深い空の色をした見事な袍《ほう》を、金銀の糸で紋が織りだされた黒の袴《はかま》に重ねるという、見たこともない煌びやかな衣をなびかせて、広袖《ひろそで》に大きく風をはらませてふわりと庭に降りたとうとしている。

長く流した黒髪に烏帽子《えぼし》を被《かぶ》ったその者の顔つきは、人の形をした神の常として神光《しんこう》に包まれ窺《うかが》えない。雌雄《しゆう》の判別すらつかない。

しかし世にも稀《まれ》なるまばゆき者に感じられた。それほど所作《しょさ》が美しかった。

その神は、重さなどないかのように音もなく白砂につま先をつくや、どんな舞女よりもしなやかな仕草で、胸の前で長い指のさきをゆったりと合わせる。

――これが、天揚羽の神か。

あまりの優美な訪《おとな》いに、綾芽はしばし言葉を忘れて見入ってしまった。待ち構えていた女官や舞女らも、同じく目を奪われている。

しかしそのうちで、高子はひとり冷静だった。神に負けじとなめらかに表着《うわぎ》の裾《すそ》をひき、頭《こうべ》を垂れて呼びかける。

「ようこそお越しになりました、天揚羽蝶の神よ。そのうるわしきお姿は、ややこを育《はぐく》むよき地をお探しになる雌神《めかみ》とお見受けいたします」

高子の声が通るや、雌雄のさだかではなかった揚羽の神は、誰の目にもうるわしき雌神と映るようになった。

高子は続けて庭にある、作り物の柚子の木を指ししめす。

「そちらは禁苑《きんえん》の、長く陽《ひ》の当たる暖かな丘に植えられた柚子の木でございます。あなたさまの眷属《けんぞく》が、好んで集まる木々のひとつにございます」

神は然《しか》りと言わんばかりに、また両の袖を大きく広げた。そのまま、舞台に向かう舞女のように身を翻《ひるがえ》し、すうと右足を前に出す。続いて左足。作り物の柚子の木へ流れるような足どりで向かってゆく。

どこからか誘われたのか、本物の天揚羽が神の周りをふたつみつと舞いはじめる。肩にとまり、とまっては飛びたち、遊んでいる。

乱舞する蝶を引きつれて、揚羽の神は柚子の木にたどりつく。袖を合わせて屈《かが》みこみ、絹でできた柚子の葉に神光放つ顔を近づける。色や匂《にお》いを確かめるかのように。

しかしその葉が本物ではなく、柚子の匂いを擦《こす》りつけただけにすぎないと気がついたのか、たちまちそのぴんと伸びた背は落胆に丸まったように見えた。

——今だ。

綾芽は高子と目を交わした。刹那《せつな》高子が左の手をさっとあげれば、待ち構えていた楽人《がくじん》たちが管弦を奏《かな》ではじめる。それに合わせて蝶青色《ちょうあおのいろ》の揃《そろ》いの装束に身を包んだ舞女たちが一斉に袖を広げ、白砂の庭へと踏みだした。

柚子の木と枳殻《からたち》の木、その合間に五人の舞女が並ぶ。

管弦の音《ね》に合わせて両手をあげてはおろし、足を浮かせては前に出す。手に携えた藤空木が揺れて、甘やかな匂いが満ちてゆく。

舞女たちの舞は、まるで野に遊ぶ蝶のようだった。そしてあたかも、落胆する揚羽の神を新たな地へ——枳殻《からたち》のほうへいざなうかのごとしだった。

神光に覆《おお》われた神が振り向き、確かに舞女たちを、そして舞女らがいざなうさきで待つ枳殻の枝を、目に映したのがわかった。柚子の木の周囲を羽ばたいていた本物の蝶たちも、舞女たちを窺うように翅を上下させる。

（よし）

綾芽は成功を確信して、袖のうちで拳を握りしめた。

古《いにしえ》の祭礼は、舞をもって蝶の神を導くものだ。記録によれば、このあと神は舞に惹《ひ》かれるように足を踏みだす。舞女たちは神を導き、徐々に枳殻に近づきながら舞い続ける。そして一曲終わったときには、見事神は枳殻の木にたどりつき、本物の蝶たちも柚子から枳殻へ移ってゆくというわけだ。

これで大君の柚子の木は守られる。今年も来年も、末永く香りよき実がたわわに生《な》る。大君も、大君に心安らかにおわしてほしい斎庭《ゆにわ》の女たちも、二藍も、みな喜んでくれるだろう。

（さあ天揚羽の神よ、踏みだしてくれ）

期待の滲《にじ》んだ瞳で、綾芽は美しき雌神を見つめた。

――しかし。

次第に綾芽の目の輝きは曇っていった。笑みが浮かんでいた口の端《は》も、萎《しお》れるようにさがってゆく。

揚羽の神は、その場を一歩たりとも動かなかったのだ。

舞女を見つめていたのもわずかなあいだ、すぐに興味をなくしたように目を逸《そ》らし、悲しげに首を垂れて柚子の木の周りを延々と巡り続ける。蝶たちも同じだ。

そして舞女たちの顔には動揺がのぼってゆく。次々と顔から自信が失われ、伺《うかが》いを立てるかのように高子を盗み見る。

そんな光景を、綾芽は焦《あせ》りを感じて見つめていた。

なぜだ。なぜ揚羽の神は舞に誘われない。

（古の記録どおりに為《な》しているのに）

やがて高子がいつもと変わらぬ、どことなく呆《あき》れたような声で尋《たず》ねかけてくる。

「さてどうなさるの綾《あや》の君《きみ》。なぜ神は、古の記録どおりに誘われてくださらないと思われます？」

お手並み拝見とばかりの問いかけに、綾芽は唾《つば》を呑みこんで、必死に返す言葉をひねりだした。

「……なにかが、昔の祭礼と異なっているのだと思います」

だから神は動かないのだ。綾芽は完璧に再現したと思っていたが、もっとも大切なはずのなにかが足りていない。それでこういう結果になっている。

「なにかとはなにかしら。管弦も舞の作法も、祭礼のための道具のしつらいも、記録どおりにしたのではなくて？」

「そのつもりでしたが……」

綾芽は汗を拭《ぬぐ》って考えた。だが違うのだ。記録が間違っているのか、綾芽が見落としたか、そもそも当時はあまりに当たり前すぎて、記されてすらいない事柄が重要だったのか。どれにしても、この祭礼にはきっと、蝶の神が重く見るなにごとかが足らない。だから神は動いてくれない。

(なんだ。なにが間違っている)

舞の所作が異なるのか。管弦の緩急《かんきゅう》か? それとも、それとも——。

「ともかくこのままでは埒《らち》が明きませんし、いろいろ試してみたらどうですか? なにかひとつでも変えれば、するりとことが運ぶかもしれませんよ」

唇を噛みしめて考えこんだ綾芽を見かねたのか、高子が助け船を出してくれる。

「そうします」

綾芽はなんとかそう答えた。


夜になり、綾芽はうなだれて尾長宮《びちょうぐう》に戻ってきた。

舞女たちも楽人も、もちろん高子も、みな根気強く綾芽の提案につきあってくれた。だから思いつく限りにいろんな部分を変えて試してみたのだ。舞をもっと古式に近づけたらどうだろう。管弦の音色を変えたら、藤空木の枝を手放せば、試みのいくつかを組み合わせてみたら——。

どれもうまくいかなかった。いかないどころか、偽物の柚子に気落ちしていた蝶の神は、次第に苛立《いらだ》ちめいたふるまいを見せるようになった。

それで高子はこのまま祭礼を続けるのは危ないとみて、木を移ってもらう試みを中止した。そうしてたっぷりと蜂の蜜をたたえた瓶子《へいし》を捧げ、蝶の神を拝殿《はいでん》のうちへと招き入れたのだった。

「なんでうまくいかなかったんだろう……」

薄暗い築山《つきやま》の陰をとぼとぼと歩きながら、思わず泣き言を漏らす。できる限り、古《いにしえ》の記録どおりに祭礼を執り行ったのだ。なのになにかが間違っていた。祭礼を成功させることが叶《かな》わなかった。

（頑張ったのにな……）

女官としても役目を果たせるのだと、二藍《ふたあい》の隣に立つに値《あたい》する者なのだと、認めてもらいたかったのに。

空《むな》しい思いに囚《とら》われ茂みを回りこんだところで、綾芽はふと顔をあげた。そして、息を呑んで足をとめた。茂みの向こうに誰かいる。

西空から茜色《あかね》が失われようとしているこの時分、いったい誰がこんなところに——とそろりと覗きこんで、綾芽は再び驚いた。

「二藍……さま」

折りたたみ式の倚子《いし》である胡床《こしょう》に腰掛けて、ぼんやりと藍《あい》色に染まりゆく空を眺めているのは二藍ではないか。

「なにをされているのですか。おひとりですか」

思わずあたりを窺うと、やはり驚いて顔をあげた二藍は、薄闇のうちで頬を緩《ゆる》めた。

「案ずるな。わたししかいない」

それを聞いて、綾芽は遠慮なく駆け寄った。

「なにをしてるんだ、こんなところで」

「見ればわかるだろう。黄昏《たそがれ》を眺めていた」

「ひとりでか。不用心な」

「ここはわたしの屋敷の、わたしの庭なのだ。ひとりでいようが構うまい」

「そうだけど」

「誰にも邪魔されずに考えごとがしたかったのだ」

少々投げやりに二藍は笑った。その様子を目にして、

（二藍もうまくいっていないんだな）

と綾芽はすぐに察した。

二藍は、戦神《いくさがみ》から犠牲なく運を引きだす方策に頭を悩ませていた。その進みがはかばかしくないのだろう。

ふいに綾芽は、二藍に今日あったことをすべて打ち明けたくなった。失敗を聞いてほしい。そして二藍の悩みも聞かせてほしい。この感情を分かち合って、互いに楽になるのはどうだろう。

だが我慢して、静かに立ち去ることにした。二藍には今、人命がかかっているのだ。綾芽の話など聞いている場合ではない。そもそも立派な女官にならねばならないのだから頼ってはならないし、二藍自身だってひとりで考えごとがしたいと言っている。

「……母屋《もや》に温かいものを用意しておくよ。あまり根《こん》をつめすぎないようにな」

そう去ろうとした綾芽の袖を、しかし二藍はついと引き留《と》めた。

「わたしを置いてゆくのか？　つれないな」

冗談交じりの物言いに、綾芽は戸惑《とまど》い足をとめる。

「だって、ひとりでいたいって言うから……」

「お前は別だ。ちょうどひとりで悶々とするにも飽いてきたところでもあるし」

それに、と二藍は小さく笑いを漏らした。

「お前は、わたしと話したそうな顔をしている」

それほど物欲しそうな顔をしていたか。綾芽はたちまち顔に熱がのぼるのを感じた。

「なんでもない、気にしないでくれ」

「今日、揚羽神を招いたのだろう？　その様子だとあまりはかばかしくなかったのだな」

軽い口調の裏にはいたわりが滲んでいる。話を聞こうと言ってくれている。その思いやりに瞼《まぶた》の裏が熱くなって、それでも素直に二藍のやさしさに甘えまいと、綾芽は必死に声を張った。

「愚痴を聞いてもらうわけにはいかないよ。あなたこそ大変なんだろうに。負担をかけたくないんだ。ただでさえわたし、半人前なのに」

半人前でどうしようもない。今だって、だめだとわかっているのに二藍の慰《なぐさ》めを期待してしまっている。

うつむく綾芽を、二藍は静かに見あげた。やがて胡床の端のほうに座りなおすと、綾芽の袖をまたひいて、隣に座るよう促《うなが》した。二藍があけてくれた場所に、綾芽の身体はすとんと収まる。肩がぴったりと触れる。

温かい、と感じたとたん、胸の奥でつかえていた息がすうと落ちていった。

「ならばまずは、わたしのほうから話して聞かせよう。まあ、特段話すことなどないのだ。貝を見分ける手立てが思いつかぬ。それに尽きるからな」

　二藍はいたって明るく話を始めた。

「まずは、色でなく貝殻《かいがら》の形で見分けられるかと考えてみたのだ。覚えのよい者なら、貝の形を判別できるかもしれぬと。それで幾人かに試させてみたのだが」

「だめだったのか」

「戦神の携《たずさ》えてくる貝は驚くほどに形が似通っている。なかなか難しいようだった」

「そうか……」

「やはり、なんとしてでも貝殻の色合いで見分けるしかないようだ。だがどんなに目のよい者でも、藍色あたりの微《かす》かな色の違いを見ることは叶わなくてな。わたしの目にも能《あた》わなかった。それでゆき詰まってしまったわけだ」

　二藍が参ったと笑うので、綾芽はいたたまれない気分になった。なんとかならないのか。なにか手はないのか。

「そう気にするな、責めを引き受けるのがわたしの役目だ。容易にこちらが勝つような勝負なら、そもそも戦神も挑んでこぬ」

「だけど」

「さ、わたしの話はした。次はお前のほうを聞かせてくれ。まさかわたしの話を聞いておいて、黙っているとは言わぬだろう？」

さっぱりと言われて、綾芽は眉を寄せて逡巡《しゅんじゅん》した。

「それとも、わたしには話せないか。お前は近頃、文《ふみ》すらよこさなかったものな」

「そうじゃない！　そうじゃなくて」

綾芽は慌《あわ》てて顔をあげた。誤解されては困るのだ。

「文を送らなかったのはただ、あなたが忙しいとわかってたからだし、それにわたしは斎《ゆ》庭《にわ》の女官として、ひとりでもやれるんだってところを見せたかったんだ。そうすればきっと高子さまもわかってくださると思った」

綾芽が、いつかは春宮妃《はるのみやひ》として立派に役目を果たせるようになるはずだと、二藍は綾芽を猫かわいがりしているわけでも、神ゆらぎの身のつらさを忘れるためだけに寵愛《ちょうあい》しているわけでもないのだと認めてほしかったのだ。

「……どうした。高花《たかはな》のおん方にきつく言われたか？　あまり目に余るようなら、わたしからよくよく申しておくが」

「違う、高子さまは助けてくださったよ。だめだったのはわたしなんだ」

綾芽はぽつぽつと口をひらいた。揚羽の神がやってきたこと。古《いにしえ》の祭礼どおり、美しく着飾った舞女《まいめ》に舞ってもらったこと。なのに神は一向に枳殻《からたち》の木へと導かれようとしなかったこと。

なにかが間違っているはずと懸命に試行錯誤してみたものの、結果が出なかったこと。

「それでとぼとぼと歩いていたわけか」

「うまく導けなかったのが悔しかったし、そもそも落ちこんでいる自分に腹が立ってしまったんだ。本来、わたしは肩を落としちゃいけない立場なのに」

疲れはてた舞女たちの恨めしげな視線を受けとめたのは綾芽ではない。高子と常子《つねこ》だ。表向きは単なる女孺《にょじゅ》である綾芽が実質祭礼を仕切っていたとは明かせないから、ふたりがこの失敗の責めを負った。

「なのにおふたりは、もしなにか解決の手立てが見つかったのなら、もう一度揚羽神を招いてみてもよいと仰《おっしゃ》ってくれたんだ。わたしは自分が情けなくて」

ふたりに認められるつもりだったのに、結局わかったのは自分の未熟さだけだった。上つ御方とは、単に身分が高くてよい暮らしをしているだけではないのだ。常子も高子も、二藍も、それに値する重責を担《にな》っている。

なるほどな、と二藍は宵闇《よいやみ》にのぼっていく一番星を仰いだ。

「落ちこむ気持ちはわからないでもない。だが迷惑をかけただのと重く考えることではないな。お互い様だ。誰しもいくつも失敗をしてきたのだからな」

「高子さまや、あなたもか」

「当然だ。大君《おおきみ》とてそうだろうよ」

「……大君もか」

そうだ、と二藍は声もなく笑った。

「あの御方はな、ご幼少のみぎりはなかなか驕《おご》った気性の御方だったのだ。あまりに賢くあらせられるので、口ばかりが達者でおられたのだな。だが数多《あまた》の失敗から学び、今は思慮深い賢王になられた。誰もが惹《ひ》かれ申してしまう御方にな。わたしなど、いつまでも及びもつかぬ」

自嘲《じちょう》するようにつけ加えるので、つい綾芽は二藍の横顔を窺った。

なぜ比べるのだ。大君と二藍は兄弟だが、生まれながらの立場がまったく違う。確かに大君は、国を背負うにふさわしい者かもしれない。だが二藍は二藍で、誰も肩代わりすることのできない苦難に立派に耐え抜いているではないか。

「なあ二藍、別にあなたは――」

「さて、すっかり暗くなってしまったな」と二藍は綾芽の背を押しながら立ちあがった。

「その大君のためにも、お前の祭礼はなんとか成功に導きたいものだ。まだ諦《あきら》めるのは早い。室《へや》に戻って考えてみよう」

「え、でもそんな」

それはできないよ、と綾芽は言おうとした。二藍に助けてもらえばもう、綾芽は高子の懸念《けねん》どおりに二藍に頼りきっていることになってしまう。そんなのは嫌なのだ。

だが、すんでのところで考えを改めた。

（違う、これはわたしの女官としての力を証《あか》すための祭礼じゃないんだ）

大君の柚子を救う。その目的を忘れてはならない。綾芽が失望されようとなんだろうと、祭礼が成功しさえすればそれでいい。

――それに。

二藍が一緒に考えてくれる。そう思うだけで、強《こわ》ばっていた身体がふっと楽になる。袋《ふくろ》小路《こうじ》に迷いこんでいたのに、光がさした気がする。

「ありがとう、嬉しいよ」

二藍の背に心から声をかけると、「礼を言うまでもない」と笑いが返ってきた。

過去の祭礼で、揚羽蝶の神はいったいなにに惹かれて導かれていたのか。屋敷に戻りがてら二藍は頭をひねってくれたが、すぐには妙案を思いつかないようだった。

「管弦や舞に関しては、為せることは為したようだな。そもそも……」

渡殿《わたどの》をゆきながら、とじた扇《おうぎ》を口元にあてて思案している。

「天揚羽蝶《あまあげはちょう》の神のように神位の低い鳥獣や蟲《むし》の神はみな化生《けしょう》だ。本物の天揚羽蝶がまったく持ち合わせぬ好みは持たぬ」

天揚羽の神は、人の形《なり》をしているが人ではない。あくまで蝶の化生だ。好むものも惹かれるものも、本物の蝶と大きく離れるわけではない。

「このあたりを飛んでいる天揚羽が、管弦のよしあしを判じているとは思えぬ。舞のよしあしやごく細かい所作にしても同じだろう」

蝶に楽を聴き、舞を楽しむ感性はない。ゆえに、そのあたりの入り組んだ詳細が失敗の理由ではないというのが、二藍の見立てだった。

「もっと本物の蝶が重視するなにかが大きく間違ってるってことか。……匂いはどうだろう。水菓子蠅《くだものばえ》は匂いで餌《えさ》を探すよ。てことは蝶も、香りを嗅《か》いで花の蜜や卵を産む木を探すのかな。だとすると、古《いにしえ》の祭礼では好きな匂いに誘われていたのかもしれない」

「ありえなくもない。まあ、花はまだしも木はそう香るものでもないが……そういえば、お前はまだ天揚羽を飼っているか？」

ふいに尋ねられて、綾芽は「もちろんだよ」と大きく首肯《しゅこう》した。

「見に行ってみるか？　藍《あい》も綾《あや》も、今は立派になったんだ。須佐《すさ》に蜂の蜜をもらって毎日吸わせてるよ」

「藍と綾？」

「蝶の名だよ」

「……わたしから名をとらずともよかったのだぞ」

二藍は苦く笑うと、顔の前に扇をひらいた。

「あなたから以外はありえないだろう？」と綾芽は呆れて言った。「ちゃんとあなたがくれた袍《ほう》の切れ端で蜜をあげてるんだからな。近頃は蝶のほうも、布を広げるだけで蜜をもらえるんだとすぐに気がつくらしいんだ。自分から寄ってきてとてもかわいらしいよ」

と、二藍は訝しげな顔をした。

「布を広げただけでおのずと寄ってくる？　蜜を含ませるより前にか」

「匂いもしないうちからは変だって言うのか？　でも本当なんだよ」

「疑っているわけではないが……」

だったら、と綾芽は思いたった。

「実際のところを見てほしいんだ。蜂の蜜をとってくるから、さきに蝶のいる室《へや》に行っておいてくれないか？　四方の御簾《みす》をおろして放し飼いにしてるんだ。北の対《つい》の、いつものところだよ」

二藍と別れて、綾芽は急いで女嬬としての自分の室に戻った。そしていつも蜜をやるのに使っている濃紫《こきむらさき》の布と蓋物《ふたもの》を手にとろうとして眉を寄せた。

朝に綾芽が置いたときと、まったく同じ場所にある。今日は昼に餌をやれないから、別の女嬬に世話を頼んだのだが。

（まさか、餌やりを忘れたのか？）

ならば蝶は腹を空《す》かせているに違いない。慌《あわ》てて蓋物と布を引っ摑んで蝶のいる室へ走った。室の前まで来ると、月光に照らされた御簾の向こうに二藍の立ち姿がうっすらと透けている。綾芽は御簾をくぐりながら早口で尋ねた。

「二藍、蝶は元気か？　昼の餌を忘れられてたみたいなんだけど――」

とそこで目を丸くして、それから思わず噴きだしてしまった。

月明かりのうちで二藍は、見たこともないような困り顔で立ちつくしている。その周囲を二匹の蝶が飛び回っては二藍の衣にとまり、また飛びたちを繰りかえしていた。

「なんだ、すっごい元気みたいだ。よかった」

「よくはない。なんとかしてくれぬか」

「もしかしてあなたって、蝶にすごく好かれる質《たち》なのか？　花なのか？」

「それほど美しいものになった覚えはないが」

身体の周りをしつこく飛び回られて、かといって手で払いのけることもできずに二藍は顔をしかめる。それがおかしくて、綾芽は餌の準備をしようと膝《ひざ》をつきながら笑った。

「またまた。昔、絶世の美人からは花の香りがすると聞いたことがあるよ。あなたからも、ものすごくよい匂いがするんじゃないか？　花の蜜のような」

「くだらぬ冗談を言っておらずに早く蓋物をあけてくれ。蜜の匂いが漂ってくれば、蝶もそちらへ向かうかもしれぬ」

閉口しきった二藍の声に、肩を震わせながら綾芽は蓋をひらいた。蜜を匙《さじ》ですくって掲《かか》げてみる。だがそれでもまだ蝶たちは、二藍の周りを飛び回っている。

「あれ、匂いにつられないのか？」

戸惑いながら蜜でつろうと何度も挑んでは失敗し、ようやく綾芽は気づいた。

「二藍、ちょっといいか？」

眉を寄せている二藍に、あることを頼んでみる。するとすぐに蝶は二藍を離れて、素直に蜜を含んだいつもの布へおり、長い吻《くちさき》を蜜へと伸ばしはじめた。

無心に蜜を吸う二匹を眺めながら、綾芽はほっと息を吐きだした。

「あなたが変なふうに蝶に好かれたわけじゃなくてよかった」

「変とはどんなふうだ」

「今日訪れた蝶の神の周りも、今みたいに本物の蝶が取り巻いていたんだよ」

蝶が二藍の周りを執拗《しつよう》に飛び回るさまは美しかったが、正直に言えば薄ら寒くも感じたのだ。昼の、蝶の神の光景とあまりに似通っている。もし蝶が神気に引き寄せられているのだとしたら。綾芽は、二藍を持っていかれてしまう気がして怖かったのである。

「言っておくが、わたしは神ではないからな。すくなくとも半分は人なのだ」

二藍が笑いを漏らす。わかってるよ、と綾芽も明るく言いかえした。

「わかってるけど、装束を脱いでもらったらはっきりしたな。蝶は別に神気に寄ってきたわけじゃない。あなたのその、濃紫の袍に惹かれていたんだ」

もし蝶が二藍の神の部分を好んで寄ってきていたのだとしたら、どんなに大切に育てた蝶だとしても、綾芽は血相を変え、両手を振り回して追い払っていただろう。

だがそうではないのだ。ふいに思い至って、二藍に袍を脱いで几帳《きちょう》の陰に隠してもらった。とたんに蝶は、二藍になど興味もないというふうに離れていったのである。

「わたし、ずっとあなたの袍の切れ端で餌をやっていただろう。だから藍も綾も、餌は濃紫の色のもとにあるって覚えてしまったんだな。それであなたが入ってきて、その袍の色を見て、あなたにとまれば蜜が吸えると思ったんだ」

二藍の袍も、餌を含ませた布も濃紫。羽化してから綾芽の与える蜜だけを得て生きてきた蝶は、濃紫のものに蜜があると思っている。それで二藍――というより二藍の袍にまとわりついたわけだ。

「なるほどな」

と青白い月光を受けた二藍は、翅を休める蝶たちに苦笑いを向けた。

「蝶とはしごく目がよいのだな。この暗さで、よくもそこまで色を判ずるものだ」

二藍は衣桁《いこう》にかけられている、妃としての綾芽の衣に目をやった。そちらも紫だが、二藍の濃紫とは微妙に異なる色合いだ。これには見向きもしないということは、蝶は相当に目がよいのだろう。

「ほんとだな。となると案外、餌も匂いじゃなくて色で探してるのかもしれないな。蜂蜜も柚子の木も、それほど強く薫《かお》るわけではないんだし――」

とそこまで綾芽が言ったとき、二藍は急にはっとしたように顔をあげた。

「……そういうことか」

言うや身を乗りだす。「綾芽、蝶の祭礼の次第は持っているか？」

「え？　あるけど――」

「見せてくれ」

なんだかよくわからないが、二藍は今すぐに確認したいことがあるらしい。綾芽は急いで冊子《さっし》をとってきて手渡した。

すばやく目を通した二藍はあるところで手をとめる。そして綾芽にこう尋ねた。

「舞女《まいめ》の装束には、『蝶青色《ちょうあおのいろ》』を用いたのだな?」

「うん。書いてあるとおり、そうしたよ」

「どのような色だ」

「どのようなって」

綾芽は戸惑《とまど》った。蝶青は蝶青ではないか。二藍はいったいなにが訊《き》きたいのだ。

「では問いを変えよう。青とはどのような色だ。草の色か、空の色か」

ますます困惑しながら綾芽は答える。

「……そりゃ、青々とした草の色に決まっているだろう」

萌《も》えいずる新芽の色から、深い賢木《さかき》の色までさまざまあるが、青といえば草葉の色だ。蝶青だって、新芽の瑞々《みずみず》しさを表した色として若い公達《きんだち》に好まれているではないか。

しかし二藍は、「そうではない」と言う。

「そうではない?」

「今では青とは、主《おも》に草の色をさす。だが古《いにしえ》の時代は違った。青とは空の色や藍染めの色のような、紫に近い色のみを指す言葉だったのだ」

「え……本当か」

「まことだ。よって蝶青色もかつては、今の世で好まれているような明るい萌黄《もえぎ》のごとき色ではなかった。蝶青とはまさに、この天揚羽の翅のような眩しい空の色。縹《はなだ》色を鮮やかにしたがごとき色のことだった」

綾芽は目を見開いた。なんと。古の蝶青色は、綾芽が用意した装束のそれとはまったく異なるものではないか。

頭の中で、ぱちりと割り符が合ったような気がした。

蝶青色が違う。そして揚羽蝶は、とても目がよい。

ならば。

「二藍。その、古の蝶青色の衣《きぬ》って手に入るか」

思わずにじりよった綾芽に、二藍は目を細めた。

「残念ながら我が国では染められぬ色でな」

「……ないのか」

「ゆえに交易でしか手に入らぬ貴重なものだ。五人の舞女のために仕立てるほどは用意できぬが、ひとり分ならわたしの裁量でなんとかしよう」

たちまち綾芽は目を輝かせて、二藍に飛びついた。

「本当か！　ありがとう！　あなたに相談してよかった」

抱きとめてくれた二藍は、綾芽と同じくらいに嬉しそうな顔をしていた。

「……というわけで、二藍さまに古《いにしえ》の蝶青の反物《たんもの》をひとついただきました。これを用いれば祭礼を成功に導くことができるかもしれません。どうか今一度、わたしに機会をお与えいただけませんでしょうか」

無理を承知で頭を深くさげて頼みこむと、高子と常子は顔を見合わせて噴きだした。

「ほら高花のおん方。わたくしも妃宮《きさきみや》も、おそらくこうなると申したではありませんか」

「あら、わたくしとてそうであればよいと願っておりましたよ」

なぜ笑われたのかわからなくて、綾芽はふたりを交互に見つめた。

「……もしかしておふたりは、蝶青色のことをご存じだったのですか？」

装束の色が違うようだと伝えても、驚いた様子は微塵《みじん》もない。

ええ、と高子は扇で口元を隠した。

「かつてと今では、色合いがまったく違うとは知っておりましたよ」

ということは常子も高子も、祭礼の問題点におおよその見当はついていたのだ。それでも黙っていたのは、綾芽を鍛えるためか、それとも試すためか。

綾芽は青くなって、それから顔を熱くしてうつむいた。

「先日の祭礼のあいだに気づくことができず、まことに申し訳ありません」

どちらにしても、綾芽は失敗したのだ。笑われても仕方ない。

しかし、「なにを申しますか」と高子は扇を揺らした。

「あの場で気づくことなど求めておりませんでしたよ。知らぬことに気がつくなんて、誰にもできませんでしょうに。さきの祭礼が失敗した件については、色の違いを知っていたのにあなたに伝えずにいたわたくしどもに責めがあります」

ねえ尚侍《ないしのかみ》、と話をふられて、常子は恐縮したように綾芽に頭をさげた。

「お教えしてさしあげるべきだったのですが、どうしても高花のおん方が、もう少々様子を見たいと仰《おつしや》りまして」

「まあ、わたくしのせい？」

「当然でございましょう」

言い合うふたりを、綾芽は困惑の面持《おもも》ちで見やった。どうやら祭礼での失敗を責められているわけではないらしい。

「兎《と》にも角《かく》にも、よく気がつきましたね。無論、祭礼は再度執り行うこととします」

「……本当ですか。ありがとうございます！」

「ですが」

頬を紅潮させた綾芽に、高子は目を糸のように細くして微笑んだ。

「蝶青の色を正しさえすれば、揚羽の神が枳殻《からたち》に移ってくださる確証があるわけではございません。ですからこたびの祭礼では、舞女は使わぬこととします」

え、と綾芽は軽くのけぞった。いや、待ってくれ。

「舞女がいなければ、祭礼は行えないのではありませんか」

蝶青色《ちょうあおのいろ》の装束をまとう者がいなければ、そもそも揚羽の神は導かれてくれない。

「よくお考えなさい。そもそも蝶青は貴重な色。春宮のご尽力をもってしても、装束はひとり分しか用意できません。それを五人分揃えるならば、さすがに大君にお話しせねばならなくなります。そのまえにまず、揚羽の神がまことの蝶青色を見てどのようにふるまわれるのかを、わたくしどもだけで確認いたすべきではありませんか？」

なるほど、ことをおおげさにする前に、こぢんまりと祭礼を試してみたほうがよいということか。それで効果がありそうならば、また招けばいいのだ。

綾芽は納得しつつも眉を寄せた。

「ですが舞女がいないのならば、その蝶青の袍はいったい誰がまとうのです」

「あら、決まっているでしょうに」

と高子はにこやかに檜扇《ひおうぎ》を畳む。

「綾の君、あなたが身につけるのですよ。そうして神を導いてごらんなさい」


あれよあれよというちに、高子はてきぱきと物事を決めてしまった。そして数日後には、鮮やかな夏の海のごとき蝶青の反物は、袍に仕立てられて綾芽の身を彩っていた。

「まあ、似合いますこと」

心から言っているのか、それとも冷やかしなのか判然としない高子の賞賛に、綾芽は冷や汗を滲《にじ》ませる。

「……ありがとうございます」

吸いこまれるような青色の袍は、確かに綾芽の身体にぴったりと合ってはいる。髪も何度も梳《くしけず》られて、つややかな美豆良《みずら》に結われていた。そして頭上には、こぶりの藤空木《ふじうつぎ》の花を優美に垂らした宝冠。重くて頭がぐらぐらとする。すくなくとも装束《しょうぞく》はたいそう立派で、見とれるほどに美しい。

だが似合っているのかといえば、そうとも思えなかった。こういう品は、もっと優美な娘がまとうものなのだ。そもそもにしてこの装束は、天揚羽《あまあげは》の神のまとう目にも鮮やかな装束を、いささか地味にしたような色である。果たして神は、このまがい物のごとき装い《よそお》をどう思うのか。

しかしそんな綾芽《あやめ》の葛藤《かっとう》などないものかのように、

「さて、準備も整いましたし、そろそろ神をお招き申しましょうか」

と高子《たかこ》は落ちつき払って階《きざはし》をおり、祭文《さいもん》をあげはじめる。

屋敷の南に広がる白砂《しろすな》の庭には、先日と同じように祭礼の準備がされていた。右方に作り物の柚子《ゆず》の木が、左方に瑞々《みずみず》しい枳殻《からたち》の枝がそれぞれ活《い》けてある。ふたつの木のあいだに立ち、綾芽は両手を握りしめて神の訪《おとな》いを待った。高子の声が青空へ広がり、その青を幾倍にも濃くしたような影がさっと天から現れる。

揚羽の神だ。

袖《そで》を大きくひらいてふわりと降りたつ。足のさきから烏帽子《えぼし》の頂《いただき》に至るまで、すらりとまっすぐに伸びている。無駄のない、それでいて優雅な身のこなし。

高子に促《うなが》され、揚羽の神は青の袍《ほう》に黒の袴《はかま》をなびかせて、軽やかな足どりで柚子へと向かった。どこからともなく現れた天揚羽蝶がそれに付き従う。

しかし前回と同じく、すぐに神と蝶は柚子の木が作り物だと気がついた。落胆と困惑《こんわく》を滲《にじ》ませるように、せわしなく蝶たちは飛び回る。眷属《けんぞく》を寿《ことほ》ぐがごとくに大きく広げられていた揚羽の神のあでやかな両袖も、力なく垂れさがった。

それを見て、固唾《かたず》を呑んで見守っていた綾芽は短く息を吸った。

そして白砂の庭の中央で、神に負けじと両腕を大きく広げた。

蝶青色の広袖が、陽《ひ》の光に輝く。神の衣《ころも》ほどの鮮やかさはなくとも、人が人の知恵でたどりついた青が、神の前にさらされる。

美しい舞もなければ楽《がく》もない。ここにいるのは雅《みやび》と縁なく育った綾芽だけだ。雅の粋《すい》のごとき蝶神の心を引き寄せられるのかと、華やかな舞装束の下で汗が流れていく。

それでも綾芽は呼びかけた。

「揚羽の神よ」

うつむいていた神の顔が、確かに綾芽に向いた。引きつけられるように身を乗りだした。

確かに前回とは違う反応だ。その目に、蝶青の色を認めたのだ。

そう信じて、綾芽は言葉を紡《つむ》ぎ続けた。

「うるわしき天揚羽の神と、その眷属よ。この柚子の木は、もはやあなたがたを満足させることなど叶《かな》わない。だからわたしが、あなたがたを新たな地へと導こう」

拝舞《はいぶ》する貴族のように袖を左右に振る。できる限り優雅にはためかせる。

わたしを見てくれ、と綾芽は願った。わたしは未熟者だ。この斎庭《ゆにわ》で、ひとりで役目を果たすことなどできもしない。それでも知恵を授けてくれる人々がいる。手を貸し、助け、足りぬ経験を補ってくれる人がいる。

ならば今はそれでいい。いつか真の意味で隣に立てるように、認めてもらえるように、今このときに全力を尽くす。

神の視線はまだ綾芽から逸《そ》れない。いける。綾芽は一歩片足を引き半身《はんみ》となって、自分の背後に茂る緑の枳殻《からたち》の枝を、さあ、と袖のさきで指ししめした。

吸い寄せられるように、揚羽の神の足が前へいざなわれる。

青き蝶が、ひらひらと舞い乱れる。その中を、美しき神は烏帽子をわずかに揺らして進みゆく。

綾芽は深く腰を折り、枳殻の木々を袖で指したまま頭《こうべ》を垂れた。そうしてしまえば、視界に入るのは白砂だけだ。だが耳には、蝶たちの密《ひそ》やかな羽音と神の白砂を踏む音が近づいてくるのが聞こえる。

やがて目の前を、神が通り過ぎてゆく。

砂の白に満ちた視界に、突如《とつじょ》蝶の神のまとった袍の色が飛びこんできて、綾芽は思わず息をつめた。

忘れられないほど青かった。

「綾芽、もう頭をさげておらずともよいのですよ」

常子《つねこ》の含み笑いが降ってきて、綾芽ははっと顔をあげた。ご覧なさいと常子が示すほうには、枳殻の木がある。そして——枳殻を巡るように舞う数多《あまた》の蝶の姿が。

天揚羽蝶の神は、無事に枳殻の木に行きついたのだ。

当の神は高子に促され、拝殿《はいでん》へと去ってゆくところだった。足どりも軽く見える。よい木を見つけられて、満足しているのかもしれない。

「ということは」と綾芽は常子を見あげた。「これで禁苑《きんえん》の、大君《おおきみ》の柚子の木に仔を生んでいた蝶も枳殻へ移ってくれるのですね」

「そうなりますね。柚子の木は少々弱っておりますが、持ちこたえてくれるでしょう。あともうふた月三月《みつき》もすれば、薫《かお》り高き実を得られますよ。大君もお喜びになるはず」

綾芽は胸をなでおろした。間に合ったのだ。祭礼をし損じたときには、どうしたらよいかと途方に暮れたが。

「にしても、ずいぶんと荒っぽい祭礼でしたこと」

蝶の神を拝殿に導いたあと、高子が戻ってきて高欄《こうらん》の向こうから目を細めた。

「いくら常の祭礼についてまだ学びが足りないとはいえ、あのように雅《みやび》さに欠ける呼びかけをする花将《かしょう》がいるものですか。ふるまいも然《しか》り。もっと丁寧《ていねい》に行いなさい」

「申し訳ございません」

と綾芽は小さくなった。仰《おっしゃ》るとおりである。斎庭《ゆにわ》に生きる女官や花将が当然知っていることであればあるほど、綾芽は知らない。きちんと学んでいる暇《ひま》がないのだ。

まあまあ、と常子がとりなした。

「こたびは目をつむってくださいませ、高花《たかはな》のおん方。結局揚羽の神を導くには、舞も楽も、雅なるふるまいすら必要がございませんでした。空のごとき青の色さえあれば充分でした。蝶の導きは無事に為《な》されたのですから」

「わかっておりますよ。よくぞ蝶青の真実にゆきつきましたね、綾《あや》の君《きみ》」

高子に満面の笑みを向けられて、綾芽は後ろめたい気分になった。

「どうしました。わたくしは褒《ほ》めているのですよ?」

「ありがたく存じます。ですが真実にゆきつけたのは、二藍《ふたあい》さまのおかげなのです。二藍さまのお導きなくしては至らぬわたしは、斎庭の女として甚《はなは》だ力不足でした」

綾芽の功績ではないのだ。結局二藍を頼って、二藍なくてはどうしようもなかった。認めてもらうつもりだったのに、ひとりでは半人前だと知らしめてしまった。

「ですが」

と綾芽は、いてもたってもいられず言葉を続けた。

「それはわたし自身の問題で、二藍さまは関係ございません」

自分が失望されるのは構わない。仕方がない。だがもし高子が、女官としての力もない綾芽を二藍が甘やかしていると呆《あき》れているのなら、そうではないとはっきり言わねば。

「二藍さまはわたしが乞うたからこそ、お忙しいところご助言くださったのです。あの方はいつもわたしに機会をお与えくださいます。わたしが斎庭の女として立派に立てるようにと心を尽くしてくださいます。応《こた》えられないのはわたしです。すべてはわたしが――」

とまで言ったところで常子がおかしそうに口元を覆《おお》ったので、綾芽は言葉をとめた。

「違いますよ、綾芽。逆なのですよ。高花のおん方はこの揚羽の儀を通し、あなたと二藍さまの関わりがどのようなものか悟られて、安堵《あんど》なさっているのです」

言われた意味が捉《とら》えられず、綾芽は瞬《まばた》いた。

「それは、つまりどういう……」

「まさかあなたは、女官としての力を示すために、二藍さまをすこしも頼ってはならぬなどと考えていたのですか？」

違うのか。綾芽が唾《つば》を飲みこむと、「違うに決まっているでしょう」と高子が呆れたように言った。

「ひとりで解決できぬことを、いつまでも抱《かか》えていることこそ斎庭《ゆにわ》の女としてあるまじきふるまい。わたくしとて道につまったら、ここにいる尚侍《ないしのかみ》や妃宮《きさきみや》、ときには大君にもご相談いたします」

「それで……よいのですか？」

「当然でしょう。こたびとて、あなたは蝶青なる色が、かつてと異なるとは知らなかった。ゆえに失敗した。けれどそれ以外は立派に取り仕切りましたし、春宮《はるのみや》も、そんなあなたの話にきちんと耳を傾けて、ご自身があなたの知らぬことを知っていると気がつかれた。だからこそあなたは、まことの蝶青にたどりついた。よきことです。そのように為しているならば、なんの心配もございません。わたくしの言いたいことがおわかりですか？」

口ごもっている綾芽に、高子は檜扇《ひおうぎ》をひらきながら続けた。

「斎庭は後宮《こうきゅう》ですが、わたくしどもは神を招き鎮《しず》める神祇官《じんぎかん》。恋や情のみで動かれると困ります。ですが誤解していただきたくないのは、なにも信頼するなというわけではございません。信頼はなによりも大切なこと。相手を信じ、ときには背を預け、ときには耳を貸せぬような夫婦は斎庭にはいりません。もしあなたと春宮がただ恋情のみの関わりなのなら、物申《ものもうし》であろうと、春宮のお心がいかに救われようと、あなたに斎庭にいる資格はございません。今すぐ斎庭を出て、女御内《にょうごのうち》でぬくぬくと暮らすよう進言申したでしょう」

ですが、と高子は檜扇をはためかせながら、あるかなしかの笑みを浮かべる。

「その必要はないようですね。これからも、春宮をよくお支えなさいませ。無論わたくしが申しているのは、斎庭の神祇官としてのことですよ」

綾芽は高子を、次いで常子を窺《うかが》った。高子は言いたいことを言いおえるやあっさり身を翻《ひるがえ》して去ってしまって、常子は口の端《は》が緩《ゆる》みそうなのを耐えているように見える。

綾芽は肩の力を抜いて、高子の背中に頭をさげた。

二藍を恋い慕《した》うことと信頼すること。綾芽にとっては、そのふたつは切り離せない。好きだから信頼しているし、信頼しているからこそ好きなのだ。だがきっと高子のうちでは、ふたつはきっぱりと分けられているのだろう。当の高子が、大君を愛さずとも王として信頼し、身を捧《ささ》げて支えているように。

だから綾芽は今までどおりでいい。二藍は綾芽を助けてくれる。そして綾芽も二藍を助けることができるのならば――

ふいに頭の中に火花が散ったように思いついたことがあって、綾芽は顔をあげた。

――そうか、もしかしたら。

「常子さま！　揚羽の神はいつまで斎庭《ゆにわ》におわしますか」

綾芽が突然身を乗りだして問うたので、常子は目をみはって驚いた。去ろうとしていた高子までが怪訝《けげん》そうに立ちどまり、振り返って代わりに答える。

「いつまでって、明日までは拝殿におられますよ。これからわたくしが神饌《しんせん》をお出ししてもてなしたのち、ゆっくりとお休みいただくのですから」

「でしたら」

綾芽はごくりと息を呑みこんだ。

「ひとつ、試したいことがあるのです」


「いったい急にどうしたのだ」

戦神《いくさがみ》を招く祭礼も、ちょうど本日これから執り行われることになっている。その祭主《さいしゅ》を務める中位の花将《かしょう》・夫人《ぶにん》の妻館《つまだて》に慌《あわ》てたように訪れた常子を見て、二藍は困惑《こんわく》して問いただした。

「さきほどは突然、かつての祭礼で用いられた虹貝を貸せと申したと思ったら……今度は綾芽まで連れてくるとは」

二藍は、階《きざはし》の袂《たもと》にかしこまっている常子の傍《かたわ》ら、同じく控えている綾芽にちらと目を向けた。これから血なまぐさい祭礼がいよいよ始まるという妻館に、綾芽は場違いにもほどがある、煌《きら》びやかな舞装束のまま押しかけている。

　だが綾芽は、冠の飾りがしゃらりと音をたてるのも構わず口をひらいた。

「二藍さま、実は、戦神の選んだ貝を見分けられるかもしれない方法を見つけたのです」

　揚羽の神を無事枳殻《からたち》の枝に導いたあと、ふいにひらめいたことがあった。それで綾芽は常子に頼み、無理を言って二藍に青い貝殻《かいがら》のひと揃《そろ》いを貸してもらったのだ。

　祭礼まであと一刻というときの急な申し出に、二藍はおおいに戸惑《とまど》ったようだが、綾芽を信じて高子の妻館に届けてくれた。

　その借り受けた貝殻のおかげで、確信できたのである。今綾芽たちは、最初の一手で金の矢が描かれた正しい貝を当てられる。戦神にひとりたりとも持ってゆかせず大きな運を得られる。そんな切り札を手にしている。

「……まことか」二藍の声色が変わった。「どのような策なのだ」

「揚羽の神の力をお借りするのです」

「揚羽の？」

　わずかに眉を動かした二藍は、すぐにはっとしたように口元を引き結んだ。

「……そういうことか。そのためにお前たちはさきほど、貝殻を借り受けたいなどと申したのだな」

　早くも綾芽が言わんとしている策に思い至ったようだ。さすがと思いつつ、綾芽は手短かに説明した。これから自分がなにを為そうとしているのか。

「わたしの策を受けいれてくださるか」

「無論だ」

「もし心配ならば、あなたが自《みずか》ら揚羽神のもとに出向いて試されることもできるけど」

「二度手間だ、いらぬだろう」

「信頼してくださるんだな」

綾芽が目を輝かせると、二藍は笑って言った。

「お前だけではなく尚侍《ないしのかみ》や高花のおん方も、成《な》せると確信したのだろう？」

二藍の目は、隣の常子に向いている。あ、そういうことかと綾芽は少々恥ずかしくなった。二藍は、常子や高子の判断を信じているのだ。ふたりが成功すると感じたのなら問題はなかろうと。

と、二藍はまたすこし笑って、とじた扇のさきで綾芽の肩を数度軽く叩いた。

「当然ながら、お前が見定め、成せると確信したのなら、わたしが重ねて確かめる必要はない。今さらなことを言わせるな。さあ、刻《とき》があまりない。わたしは戦神を迎える準備を進めているゆえ、そちらのことは任せてよいな」

綾芽は顔をあげ、大きくうなずいた。

「もちろんだ」

それから各々《おのおの》の為すべきことを為した人々は、やがて戦神を迎える妻館に集《つど》った。いよいよ戦神を斎庭《ゆにわ》に招く用意が調《ととの》ったのだ。祭主を務める夫人《ぶにん》が庭の神籬《ひもろぎ》に神を降ろすあいだ、拝殿はしんと静まりかえり、人々はそのときを待った。

神との勝負に使われる拝殿の中央には、神座《しんざ》となる八重畳《やえだたみ》がある。背後には、二藍が選び損じたときに贄《にえ》として命を獲《と》られる女嬬《にょじゅ》が数名、震えてうつむいている。

それを遠巻きに眺めるように幾重《いくえ》にもかかった御簾《みす》の奥で、綾芽と二藍は息をひそめていた。御簾を挟んだ隣には高子と常子もいる。みな張りつめている。策ははまるだろうか。うまくゆくだろうか。大丈夫だ、必ず成せる。

外から夫人の祭文が漏れ聞こえる。やがてふっと身体が重くなり、すぐにもとに戻った。

「……神が降りたか」

ささやけば、「そのようだ」と二藍から返ってくる。刻を同じくして、階《きざはし》をのぼる足音が聞こえる。神がやってくる。

拝殿のうちに姿を現した神の姿を見て、綾芽は思わず目を丸くした。運を左右し、戦におおいなる影響を及ぼす戦神。さぞや雄々《おお》しい男か、勇ましい女の姿をしているのだと思っていたが――現れたのは幼き童子だった。年の頃は六つ、七つほどか。大きめの袍を引きずるようにまとい、美豆良を揺らして、足音も軽く入ってくる。

（あれが戦神？）

目を剝《む》いて二藍を見やると、二藍は苦笑した。お前はいったい、どのようなものが来ると思っていたのだと尋ねんばかりの顔である。しかしすぐに頰を引きしめた。

「見た目に惑《まど》わされるな。祭礼にて命を獲る、恐ろしき神だ」

そうだ、そのとおりだ。綾芽も気持ちを入れなおす。この祭礼では贄を出さないと決めたのだ。初志は必ず貫《つらぬ》き通す。

そのあいだに、童子姿の戦神はちんまりと八重畳の上に腰を落ち着けた。神光眩《しんこうまぶ》しい顔《かんばせ》の下で、あどけない笑みを浮かべているようにも見える。続いて入ってきた祭主の夫《ぶ》人《にん》が、ちらと御簾ごしに二藍に目を向ける。二藍は安堵させるように、大きく首肯《しゅこう》した。

「改めて、ようこそおいでくださりました戦神よ」

夫人は神に相対《あいたい》して、深く平伏する。

「まずは我らと、運を賭けた遊びでもいたしませんか」

戦神は嬉々《きき》としたようにうなずいた。いつのまにかその膝《ひざ》の前には手箱があり、神は蓋《ふた》を両手で摑んで勢いよくひらいてみせる。

箱のうちには二藍の読みどおり、青みがかった貝殻が山となっていた。それを音を立てて混ぜかえしてから、童子姿の戦神は一枚を選びとった。その表を、しばし人々に見せつけるようにする。

濃い青だ。濃縹《こきはなだ》のようで、それよりもいささか鮮やかな色。兜坂《とさか》ではほとんど見ない類《たぐ》いの色である。

それから神は金泥《きんでい》をたっぷりと含んだ筆をとりだし、その貝の内側にさっと走らせた。今度はそれを見せつける。矢だ。いかにも童《わらわ》が描いた、おおらかな形の金の矢がひとつ、貝の内側に彩りを添えている。

戦神は幾度か貝をあおいで金泥を乾かすと、楽しそうに手箱のうちへ投げ入れた。そうして手箱を両手で抱え、思いきり振って混ぜる。

最後に、床板の上に一枚ずつ、伏せた貝殻を並べていった。

その数、二十。青の貝が、白木の床を埋めつくす。

すべてを置きおえると、童子は姿勢を崩して両手を広げた。さあ、選べと言うように。

選択を迫られた夫人《ぶにん》は身を強《こわ》ばらせる。青色の貝は、やはりみな形がほぼ同じ。色も人の目には同じに見えるものが多い。このうちから、さきほど童子が選んだ貝を選ぶことなどできそうもない。それも、はじめの一回で正しく当てるなど。

しかし綾芽は慌てなかった。童子が並べたとおりに貝の列を紙の上に書き写す。そうして隣の御簾を持ちあげて、低頭してその紙をさしだした。

「揚羽の神よ。色の目利《めき》きに長じた美しき神よ。どうかあの童子の選んだ貝を、指ししめしていただけませんでしょうか」

御簾を挟んだ隣には常子と高子、そしてそのふたりに挟まれるように、目にもあやなる青色の袍の女が座している。神光に覆われた顔をすこしかしげ、優美に綾芽のさしだした紙を見やっている。

天揚羽蝶《あまあげはちょう》の神だ。

揚羽を導きおえたとき、綾芽は気がついた。天揚羽蝶はとても目がよい。暗闇でさえ、二藍の衣の色たる濃紫《こきむらさき》と、綾芽の衣の紫との違いをはっきりと見分けることができる。ならば。もしかしたらこの神の目であれば、人には判別できないわずかな貝の色の違いを見分けることができるかもしれない。

色さえ見分けられれば、戦神が選んだ貝殻を当てることができる。

そう考えて、かつて使われた青い虹貝を借り受け、高子らの手も借りて揚羽の神に見せてみたのだ。ひとつの貝を選び、それを再び当てる遊びを揚羽の神に持ちかけた。

幸運なことに、揚羽の神はこの新たな遊びに乗ってくれた。

そして――一度も違《たが》うことなく貝を当て続けたのである。

だから綾芽は、この戦神への祭礼の場に揚羽神をいざなった。戦神との勝負に勝つため、揚羽神の力を借りると決めた。

「さあ揚羽の神、教えてくれ」

綾芽は心を込めて祈った。神に人の言葉ははっきりとは伝わらない。それでも願った。

「さきほどの貝はいったいどれだ。もし教えてくだされば、これより毎年、あなたをこの斎庭《ゆにわ》にお招きいたそう」

「わたくしが、心を込めてもてなしましょう」と高子も口添えする。

「甘き蜂の蜜も、砂糖を溶かした水も、枳殻《からたち》の枝も、たっぷりと集めておきましょう」

そう常子も続く。

さあ、とみなの心が、揚羽の神の指先に集まる。ほっそりとした白き指。その長い爪のさきが、迷いもなくひとつの貝の絵を叩く。

綾芽は振り返る。二藍と視線がかち合った。これだ。揚羽の神はこの貝だと言っている。揚羽の神を、わたしを信じてくれるか。

当然だというように二藍はうなずいた。そして顔をあげて、御簾の向こうに声を張った。

「右から六、上から三の貝を選ぶのだ」

祭主たる夫人《ぶにん》はびくりと背を正す。はじめに殺されるはずの贄の歯が、がちがちと音を立てている。童子の口元がつりあがる。夫人の手が惑う。

二藍は言葉を重ねた。

「わたしが責めを引き受ける。それに間違いは起こらぬ。必ずだ。ゆえに心安くしてとれ」

自信に満ちた響きだった。

とうとう夫人は、意を決したように腕を伸ばして、言われたとおりの貝をとった。

「こちらに決めましてございます。どうか、お検《あらた》めくださいませ」

さしだされた貝殻を、ひょいと戦神は受けとった。どこかおぼつかない幼い手つきでくるりとひっくり返す。

みなが息をとめた。優雅に身をしならせている揚羽神の他は、誰もが固唾を呑んだ。

童子の口元が、おお、と丸くなった。

人々のほうへ向けられた貝の裏側には――金色の矢。

当たりだ。

見守っていた人々の口から安堵の息が漏れる。よかった。最善の結果だ。ひとりの犠牲もなく、もっとも大きな運を引き寄せられたのだ。

童子は小さな手を貝殻にそっと被《かぶ》せ、再びひらいた。

金の矢のうえには、目をみはるほど大粒の真珠が輝いていた。

「――これが、運なるものの塊《かたまり》なんだな」

戦神のもとを辞したのち、綾芽は二藍の手の中にある真珠をしげしげと眺めた。紫巾《しきん》に包まれた大粒のそれは、なめらかな輝きを放っている。

「この真珠を携えていれば、わたしたちの軍団に運がやってくる。さまざまな計略がはまり、敵の放つ矢は当たらず、亜馬島《あまじま》から民草《たみくさ》を守れるってわけか」

「そうなるな。今日のうちに飛駅使《ひえきし》に預けて、笠斗《かさと》にいる将軍のもとに届けてもらうこととしよう」

真珠を眺める二藍の横顔は晴れやかだ。だから綾芽の頰も緩んでしまう。二藍のこういう表情を見るのがなにより好きなのだ。

「うまくいってよかったな」

「お前のおかげだ。よく揚羽の神の力を借りると思いついたな」

「もとはといえば、あなたが青蟲《あおむし》を預けてくれたおかげだよ。蝶青のことだって、教えてもらわなければいつまでも気づかなかったんだ。助けてくれてありがとう」

にこにこと礼を言うと、二藍はふっと目元を和《やわ》らげた。

「余計な口出しをしてしまったかと思っていた。お前はわたしの助けを借りたくないようだったからな」

綾芽は目を瞬《またた》かせてから、恥じらいの笑みを浮かべた。

「違うんだ。わたし、なんでもひとりでできないと、斎庭《ゆにわ》の女官としても、あなたの隣に立つ者としても認められない気がしてたんだ。でもそんなことないんだってわかった。ほんとはずっと、あなたに相談したくて仕方なかったんだよ」

「ならばよかった。頼りがいがないと思われているならどうしようかと考えていた」

二藍が心底ほっとしたように言うので、綾芽はおかしくなった。

「なんだそれ。わたしにとってあなたほど頼れるひとはいないよ」

「そうか。いつまでもそうであってほしいものだ」

「なんだ？　なにか含みでもあるのか？」

「まったく」

と二藍は苦笑いを浮かべて真珠の包みを大事に懐《ふところ》にしまいこんだ。

「とにかくこの真珠を、木雪殿《もくせつでん》におわす大君のもとに疾《と》く届けねばならぬな。ゆこうか」

「ちょっと、なんなんだ」

歩きだした二藍を、綾芽は眉を寄せて追いかける。まったく含みがないとは思えないのだが――

と首をひねった瞬間、あ、と気がついた。

——わかった気がする。

考えだすと、近頃の二藍のふるまいや物言いのもろもろが腑《ふ》に落ちてくる。そうか、そういうことだったか。

(あなたはそんなこと考えて……)

二藍の思いがけない複雑な心中を悟って、綾芽はつい笑ってしまった。

そしてゆっくりと、照れた微笑みを浮かべたのだった。


「まこと、香りよき柚子の実ではないか」

大君はたいそう上機嫌《かぐわ》に鮎名《あゆな》へ顔を向けた。

「青玉ですらこの芳しさならば、熟した際にはさぞ立派な品となるだろう。楽しみだ」

「ええ、まことでございますね」

と鮎名も嬉しそうに言葉を返して、大君と、その手元にある椀に目を細めた。椀の中身は海藻の酢の物だ。青い柚子を細切りにしたものが、すがすがしいさっぱりとした味わいを添えている。

大君が大切にしている柚子の木は無事守られた。蝶たちは祭礼で導かれたとおりに、柚子畑からほどよく離れた枳殻《からたち》の茂みに卵を産んだという。そして冬を越し、また明くる年には美しき蝶となって舞うはずだ。

斎庭《ゆにわ》の女たちが柚子を救うために一計を案じたと知って、大君は驚き、まずは必要のない祭礼を勝手に執り行ったことを厳しくたしなめた。それから、童のように相好《そうごう》を崩しておおいに喜んだ。大君がそれほど人前で歓喜するのは珍しいことらしく、居合わせた人々はしばらく、このときの話をするたびに顔をほころばせていたほどだった。

きっと骨を折った女たちにとっても心満たされる瞬間だったのだろう。どういう形であれ、斎庭の上つ御方は大君を慕《した》って信頼している。喜んでもらえたら、なにより報《むく》われるのだ。

柚子が色づくのはまださきだが、大君はそれまで待てぬと、早々にみなを慰労《いろう》する宴をひらいた。青い柚子をいくつかもいで、自《みずか》ら献立てを考えた、柚子をふんだんに用いた御膳でみなをねぎらっている。もちろん綾芽も、二藍とともに呼ばれていた。

「しかし古《いにしえ》の祭礼を蘇《よみがえ》らせたとは、我が神祇官《じんぎかん》は優れた切れ者ばかりだ。誇らしいとは思わぬか、二藍」

「まことに」と二藍は笑みを浮かべて、柚子を搾《しぼ》った水で満たされた盃を持ちあげた。すっきりとした柚子の汁が、冷えた造酒司《みきのつかさ》の井戸水に香りを添えている。綾芽もいただいているが、驚くほどに美味だった。

「二の妃と尚侍《ないしのかみ》には、わたしも助けられました。戦神の祭礼をそつなく終えられたのも、揚羽の祭礼が成就《じょうじゅ》したおかげなのですから」

戦神の祭礼で手に入れた真珠は、すぐさま笠斗の邦《くに》へ届けられた。まだ亜馬島と決着はついていないようだが、飛駅使の報告によるとその霊験《れいげん》は凄《すさ》まじく、早々に亜馬島の奇襲が阻止されたのだそうだ。

「そうであろう」と大君は満足そうに神酒《みき》を傾け、まずは常子に目をやった。

「さすがの働きであったな、尚侍。お前の冷静沈着ぶりにはいつも助けられている」

「ありがたきお言葉。ですがこたび、わたくしはなにもしておりません。みな高花のおん方のご高配の賜物《たまもの》でございます。そうでございましょう、妃宮」

常子は鮎名に同意を求める。にこにこしながら鮎名も、「と聞いておりますよ」とうなずいた。すると大君は高子に目をやり、おかしそうな顔をして姿勢を崩す。

「まさかお前がわたしの私情に慮《おもんぱか》ってくれるとは思ってもみなかったな、高子」

からかうような口ぶりに、高子は「いえ、違います」と涼しい様子で箸《はし》を置き、袖を口元に寄せた。からかわれるのは予想の範疇《はんちゅう》だったらしい。

「大君のお心が安らかでなくては、政《まつりごと》にも祀《まつ》りごとにも差し障《さわ》りがでますでしょう。わたくしはあくまで臣として、為すべきことを為したまででございますよ」

しかしそんな高子のすげない返答にも、大君の満足げな表情は変わらない。

「なるほど、嬉しいことだ。まさかお前がわたしのために」

「ですから、臣として当然のことを為したのです」

「お前もなんだかんだといって、わたしを案じているのだな。よいことを知った」

「……わたくしの申しあげましたこと、おわかりになっていただいておりますか？」

とうとう声に呆《あき》れが混じってしまった高子を見て、綾芽はもうすこしで笑ってしまいそうだった。

高子と大君のあいだにあるのが情ではなく、王と臣を結ぶ信頼なのは、当然大君自身も知っている。だがこういう酒の席で、いつもは慇懃《いんぎん》すぎるほど慇懃な高子の気がすこしだけほぐれることもまた、大君はお見通しなのだ。

二藍も同じことを思ったらしい。自然綾芽と二藍は顔を見合わせて、微笑ましいなと頬を緩めた。

が、そこで高子の視線が飛んできた。綾芽は慌てて口元を引きしめたし、二藍もなにごともなかったようにそっぽを向いたのだが、遅かったようだ。さっそく高子は事知り顔で奏上《そうじょう》した。

「そもそもこたびの件はみな、綾《あや》の君《きみ》の活躍あってのことでした。お褒めくださるのなら、まずは綾の君を」

二藍の眉間《みけん》に皺《しわ》が寄り、高子の笑みは深まる。それ見たことかという表情だ。

そんなふたりを気にすることなく、「そうであったな」と大君は綾芽に目を向けた。

「綾芽よ、こたびは古の祭礼の記録を見つけたばかりか、その真髄《しんずい》までもを明らかにしたようではないか。さすがの働き、さすがは物申《ものもうし》だ。いや物申は関わりないな。お前自らの勤勉さ、聡《さと》さが為したことだ。斎庭《ゆにわ》に至って一歳《ひととせ》、よくぞここまで励んだ」

大君の声は驚くほどにやさしくて、瞳にはいたわりがあふれていて、綾芽は胸を打たれた。頬が熱くなる。こんなふうに褒めてもらえるのなら、誰だってこの御方のために力を尽くしたくなるだろう。当然綾芽にだって、その思いは強くある。

だからこそ、うやうやしく頭をさげて口をひらいた。

「もったいないお言葉を賜《たまわ》り、天にものぼる心地です」

だがその天は、綾芽がひとりでのぼるものではないのだ。

「ここまでわたくしが至れたのも、斎庭《ゆにわ》のみなさまがたが導いてくださったおかげ、そしてなにより――」

一度息を吸って、きっぱりとした声で続ける。

「──なにより二藍さまのおかげです。こたびのことも、二藍さまのお力なくしては為すことなど到底叶《かな》いませんでした。正しい祭礼を究《きわ》めることなく、高子さまがたにご迷惑をかけるばかりになりました。二藍さまあってのわたくしです。二藍さまにお目をかけていただけて、わたくしは本当に幸せ者です」

隣で二藍が身じろいだのがわかったが、綾芽は最後まで言いきった。ここではっきりさせておかねばならない。嘘はひとつもないのだから構わないのだ。

「なにを申すかと思えば」

綾芽の言葉が終わるや、大君は笑いをこらえるように肩を揺らした。

「そのようなわかりきったことを、真面目《まじめ》な顔をして申さずともよい。二藍あってのお前、お前あっての二藍だと誰もが承知している。そうであろう、二藍」

突然問われて声につまった二藍を、大君はますます愉快そうに見やった。

「しかし弟よ、お前は幸せな男だな。このような場で悋気《りんき》てもらえることなど、さすがのわたしもそうそうない」

「悋気……いえ、そういうつもりでは！」

とんでもない一言を耳にして、綾芽は青くなって腰を浮かしかける。しかし大君は「構わぬよ」と手をあげて笑うばかりだった。

「言っておくけど、わたしは惚気たわけじゃないからな」

楽しい刻は瞬《またた》く間《ま》に過ぎ去った。また明日から国のために励もう、次は柚子が色づいたころに集まろうと約束して開きになった帰りの牛車《ぎっしゃ》の中で、綾芽は二藍ににじりよった。

「わたしは心のまま、そのままを申しあげたんだよ。そのわけまでちゃんとわかってくれてるか？」

「わかっている」

と二藍は困ったような笑い声を返す。本当か、と綾芽は眉をひそめた。

「あなたはその……なんていうか、わたしがあなたより、大君のほうをお慕い申しあげるようになるんじゃないかとか、しようもないことを考えていただろう？」

二藍は黙っている。だが月明かりに照らされた横顔には苦い笑みが浮かんでいて、なんだそれ、と綾芽は顔をしかめた。

「わたしを疑っていたのか？　あなたとずっと一緒にいるって約束したのに」

「まさか。疑ったことなど一瞬もない」

「じゃあなんなんだ」

二藍はまだ黙っていたが、やがて根《こん》負けしたように肩をさげた。

「大君は立派な御方だ。わたしなんぞが並ぶべくもない。大君のお人柄を知れば知るほど、お前にそれが――わたしと大君の器《うつわ》の違いが露呈して、失望させてしまうのではと思った。お前は人の心の底をよく見通す目を持っているからな」

あまりに思いもよらないことだったので、綾芽は冗談でも言っているのかと思ったが、そうでもないようだった。二藍は真剣なのだ。真剣に、兄に及ばぬ自分に忸怩《じくじ》たる思いを抱いている。

比べてどうするんだ、と笑い飛ばすこともできた。大君がどんな男だろうと、綾芽が心に決めた人は揺らがないというのに。だが綾芽はそうはしなかった。二藍の気持ちもわからなくはない。綾芽だって、かつて故郷で同じような苦しみに幾度も苛《さいな》まされた。選ばれし妹と自分を比べて、わたしなんて一生斎庭《ゆにわ》にはゆけないし、役にも立たないのだと諦《あきら》めかけていた。

しかしそうではないのだと、親友が、二藍が、斎庭の人々が教えてくれたのだ。

「なあ二藍」

やわらかくつぶやいて、綾芽は二藍に身を寄せた。

「わたし、確かに大君をお慕い申しているよ。たいそうご立派な御方だ。あなたや斎庭のみなさまがお支えしようと思うのはしごく自然で道理だと、お会いすればするほど思う」

「そうだろう」

「だけど、わたしが大君をお支えする理由は、みなさまとはちょっと違うんだ。もちろん褒めていただけるよう頑張りたいとは思うけど、お慕いしているからが理由じゃない」

「ならばどんな理由なのだ」

「あなたの兄君だからに決まってるじゃないか。それってつまりは……つまりはわたしの、家族も同然だろう?」

家族。するりと思いがけない言葉が自分の口から出てきて驚いた。やんごとなき君《きみ》に対して家族だなんておこがましいだろうか。さすがに二藍も気分を害するだろうか。

「あの、違うんだ。家族っていうのはものの喩《たと》えで」

慌てて紡ごうとした言い訳は続かなかった。

「まったくお前も――」

ささめくような笑い声が降ってきて、二藍の腕が、綾芽の肩を引き寄せるかのごとくに背に回る。

「よりによってできの悪い弟のほうを選ぶとは、ずいぶんともの好きだな」

驚き顔をあげると、二藍は笑いをこらえるように首をかしげている。瞳はやさしく輝いていた。だから綾芽も、つられたように口元を緩めて言いかえした。

「どこの馬の骨とも知れない土臭《つちくさ》い女を見初《みそ》めたあなたのほうが、相当変わってるよ」

「見る目があると言ってくれ」

「もの好きの目か?」

と言ったとたん、綾芽はかつて、親友と同じようなやりとりをしたことを思い出した。

あのころは、まさかありえないと思っていたけれど。

結局、亡き友の言うとおりだったのだ。

牛車は進んでゆく。ふたりはしばらく揺れに身を任せて、たわいもない話をした。話をしながら綾芽は、そろそろ秋もたけなわだなと、心地よい熱を感じて思った。

「なあ二藍」

「なんだ?」

「饗宴、楽しかったな」

「そうだな」

「大君、今日もよく酒を嗜《たしな》んでいらっしゃったな。いつも以上にひとを褒め称《たた》える舌の回りがなめらかでいらしたよ」

「確かにな」

「でもさ、褒め上戸《じょうご》なんてまた変わった酔い方をなさる御方だよ。ふと思ったんだけど、弟君のあなたも酔ったら褒め上戸になるのかな？」

なんだかそれは嫌だな、と綾芽は思って、そんな自分がおかしくなった。普段の二藍は公平で、功ある女官をきちんと褒める男だ。だが酔った勢いで綾芽以外を褒めているところを見せられるのは勘弁してほしい。

「どうだろうな。そうとも限らぬぞ」と二藍はおどけたように返した。「もっと嫌な酔い方をするかもしれぬ。泣きだしたり、愚痴をつらつら並べたり」

「あなたがか？　想像できないよ。むしろ、いくら飲んでも酔わないとかじゃないか？」

「甘えだすかもしれぬぞ」

「それはまったく構わないけど、わたし以外にはやめてくれ」

軽く頭で小突いてみると、「無論だ」と二藍は、綾芽の肩に回した腕に楽しそうに力を入れなおした。

そしてふと思いたってこぼれたような、きどらぬ声で言った。

「早く、お前と酒を味わってみたいものだな」

綾芽は目を見開いて、それからやわらかい声で返した。

「ほんとだな。楽しみだよ」

瞳がひそかに潤《うる》んでゆく。

昨冬、神酒《みき》をめぐって大兎《おおうさぎ》を追いかけ回したあとに、綾芽は同じようなことを二藍に言ったのだ。いつかあなたと酒を飲みたい、と。

あのときの二藍は諦めたような笑みを浮かべて、「そうだな」と答えるきりだった。手と手は触れ合わず、綾芽は二藍の袖をこっそりと掴まえているしかなかった。

だが、刻は巡ったのだ。

(わたしたちは、すこしずつ進んでいるんだな)

そう思ったら、涙が一粒こぼれ落ちた。

どんな困難が目の前に立ち塞《ふさ》がっていようと諦めない。いつかは乗り越えられるし、たどりつくはずだ。

酔って甘えて眠りに落ちた二藍の横顔を、飽きるまで眺めていたい。

そんな日を夢見て瞼《まぶた》をとじた。

思う心は

「なあ二藍《ふたあい》、市《いち》に行ってきてもよいか？」

牛車《ぎつしや》をおりたところで尋《たず》ねてみると、二藍は驚いた顔で振り向いた。

「市？　都内《みやこない》の市のことか？　またなぜ」

渡殿《わたどの》に立ちどまって待っていてくれるから、綾芽《あやめ》は急ぎ足で駆け寄った。

表向きは下級女官の女嬬《にょじゅ》・梓《あずさ》である綾芽は、普段は主《あるじ》たる二藍に気安く話しかけたりはできない。だがこの館でだけは、どんなふうにしたって咎《とが》められることはない。なぜならここは、二藍が春宮《はるのみや》になるまで住んでいた、こぢんまりとした東の館である。女官がせわしなく行きかう春宮の御所・尾長宮《びちょうぐう》とは異なり限られた者しか入れないから、綾芽と二藍は誰の目も気にせずに本来の関係——春宮とその妃《きさき》であり、友であれるのだった。

その東の館に、ふたりは桃危宮《とうきぐう》での朝の議定《ぎじょう》をいくつか矢継《やつ》ぎ早《ばや》に終えて、ちょうど戻ってきたところだった。いつも多忙な二藍だが、今日は珍しく黄昏《たそがれ》どきまではゆっくりするつもりのようだ。

「妃宮《きさきみや》に贈り物をしたいんだ。市に行ってよいものを買いたいんだよ」

「妃宮に？　なぜだ」

母屋《もや》の御簾《みす》を二藍が巻きあげてくれる。綾芽は礼を言ってくぐった。母屋にはすでに、冷や水が入った瓶子《へいし》と、菓子が数種載《の》った折敷《おしき》が用意されている。綾芽の友人でもあり尾長宮の筆頭女官でもある佐智《さち》が、気を利《き》かせて用意してくれたのだ。

「お心をお慰《なぐさ》めできればいいなと思って」

「妃宮のか」

「うん」

二藍の、正装である立派な装束《しょうぞく》を脱ぐ手伝いをしながら綾芽は言った。

妃宮・鮎名《あゆな》は斎庭《ゆにわ》の主である。どんなときも凛《りん》として斎庭を導き、強大な神にもけっして譲らず対峙《たいじ》する心の強さを持っている。かといって非情なわけでもなく、普段は情に厚い朗《ほが》らかな女人《にょにん》で、綾芽は心から慕《した》っていた。斎庭に入った当初からなにかと目をかけてもらった恩もあるし、いつかは鮎名のようになりたいと憧《あこが》れも抱いている。

そんな鮎名が、今朝はなんだか元気がなかったのだ。いや、議定の場において、昨夜のいくつもの神招きの報告を聞き、的確な助言を与える姿はまったくいつもどおりだったし、その後の高官の集まりにおいても、難題を集中して捌《さば》いていた。だがそれも終わって高位の妃がたが去ったあと、ふと綾芽は見たのである。

「妃宮、ため息を吐《つ》かれていらっしゃったよ」

潑剌《はつらつ》とした表情がふと陰り、小さく嘆息《たんそく》を漏《も》らしたのを確かに耳にしたのだ。

「お疲れなのではないか？　妃宮とはまことに激務だ。寝る暇《ひま》さえないことも多い」

「それは知ってるけど……」

だからなるべく鮎名の負担を軽くしようと、みなが心を砕いているのも知っている。

「今朝のは、ただお疲れなわけでもないと思うんだ。だってそのあと、常子《つねこ》さまがお気遣《きづか》いなされていたし」

女官の長を務める尚侍《ないしのかみ》の常子は、鮎名が気を許している友人でもある。その常子が案じるように近寄って、「大丈夫ですか？」と尋《たず》ねていたのだ。だが鮎名は力のない笑みを浮かべるばかりだった。

しかもである。加えて常子はこう尋ねた。

――大君《おおきみ》がお渡りになると仰《おお》せですが……どういたしますか？

「妃宮、信じられないことに、丁重にお断りされていたんだよ」

それで綾芽はいっそう心配になってしまったのである。

鮎名は大君の一の妃である。つまりはこの神祇《じんぎ》を司《つかさど》る斎庭《ゆにわ》を預けられた、誰より信を置く神祇官だ。だがそればかりではない。大君と鮎名のあいだには深い愛情が流れている。大君は鮎名を誰より尊重して大切にしているし、鮎名のほうも大君を見るときだけは、あでやかなかんばせが若い娘のようにほころぶのだ。

それだから、鮎名が大君のお渡りを拒《こば》むなんて今までついぞ聞いたことがなかった。どんなときも鮎名は、大君と言葉を交わす時間を心待ちにしているのだ。

「なにかあったのかなって心配になってしまって。お節介かもしれないけど、大君と仲違《なかたが》いでもされたのかな」

子細《しさい》を知らないわけでもないのか、二藍は「そうだな」と小さくうなずいた。

「仲違いまではゆかぬが、そう間違ってもいない」

「おかわいそうに」

「だが」と二藍は袍《ほう》を衣桁《いこう》にかけて、女物の表着《うわぎ》を肩に打ちかけ戻ってくる。瓶子や折敷を挟んで綾芽と向かい合うように腰をおろした。

「その心配がなぜ、市でなんぞやを買うことになるのだ？　直接お慰めしてさしあげればよいではないか」

「そんな、できないよ。わたしなんかがお慰めの言葉をかけるなんて僭越《せんえつ》だろう。せめて珍しいものでもお贈りしたら、そのときだけでもお気が紛《まぎ》れるかなって考えたんだ」

「それゆえ市か」

「うん。都にのぼる前に、都の市の噂は常々聞いていた。端から端まで見渡せないくらい、ずらりと店が並んでいるんだろう？　米や野菜から、玉《ぎょく》や金細工なんてものまで、国中から集まったものがなんでも売ってるそうじゃないか。そこで見つからないものはないんだって、都帰りの人々はみな興奮して語っていたよ。だったらきっと、妃宮をお喜ばせできるものだって見つかるはずだ」

都には東西に市がある。とくに東の、貴族が多く住まうほうに近い市はたいへん繁盛《はんじょう》していて、毎日のように人でごった返しているそうだ。綾芽は都にやってきてから、ほとんど斎庭《ゆにわ》の外に出たことがない。いつかはその賑《にぎ》わいにふれてみたいと夢見ていた。

しかし瓶子から土器《かわらけ》に水を注いで飲み干した二藍は、思わせぶりに脇息《きょうそく》に肘《ひじ》をついた。なにか言いたそうだ。

「……だめなのか？」

「だめではないが、少々お前は市なるものに過分な期待を抱いていると思ってな」

「どういう意味だ」

「お前はさきほど、市には国中のものが集まると言っただろう。それは当然だ。なぜなら市の売り物――それも質のよきものの多くは、各地から大君に納められたものだからな」

二藍が言うに、税として各地から集められた特産物は、まず斎庭、次いで政務を司る外《と》庭《にわ》に納められるのだという。そこで各官衙《かんが》に配られたのち、余ったものや今は必要でないものが市に売りに出され、貴族や民《たみ》に買われてゆく。そのような仕組みなのだそうだ。

「つまりは市に出ているものの大半は、もとはといえば斎庭なり外庭なりに一度渡ってきたものだ。そして、本当に優れたものは売りには出されぬ。妃宮は斎庭の主。言ってみれば市で手に入るようなものはみな、妃宮がいらぬと判じたものゆえ――」

「――市で買った品を持っていっても、妃宮に喜んでいただくのは難しいってことか」

よく考えたら当たり前だ。気安く接してくれるからつい失念してしまうが、鮎名は一の妃。大君の次にこの国の頂《いただき》に近い御方だ。ほしいものがあれば、誰かにちょっと声をかけるだけで手に入る。

「とはいえ妃宮は欲のない御方だからな。市で手に入るなにもかもを持っているわけでもないが。大枚をはたいて玉なり金細工なりを買えば、驚かせることはできるだろう」

「でもあの御方は、そんなものでは喜ばないだろう？」

「おそらくはな」

かえって気を遣《つか》わせて、本末転倒になるのがおちだ。

「じゃあ――」

楽器などはどうだろう、と綾芽は一瞬考えた。欲のない鮎名というが、楽《がく》の道具にだけはおおいにこだわっているのは知っている。しかしすぐに、やっぱりだめだと思いなおした。そういう、こだわりのあるものを安易に贈り物にしてはいけない。楽のことをなにも知らない綾芽がよい品を選べるとも思えない。

「わたし、考えが甘かったみたいだな」

綾芽はすっかりしょげかえった。物でどうにかしようということ自体が安直なのは最初からわかっている。しかし鮎名の心を癒《い》やすことなど到底できない綾芽にとっては、せめてもの案だったのだ。

と、落胆している綾芽を覗《のぞ》きこむように、二藍が含み笑いを浮かべて身を起こした。

「今思い出したが……この時節ならば、よいものが市で売られている。それなら妃宮もお喜びになるかもしれぬな」

「本当か？」

たちまち綾芽はぱっと顔をあげた。あまりに声が弾《はず》んでいたからか、笑われる。

「今の時季が、秋深見《あきふかみ》の見頃というのは知っているか？」

「秋深見？」

「秋に咲く深見草。深見草とは牡丹《ぼたん》のことだ」

ああ、と綾芽はうなずいた。普通は春や冬に咲く牡丹だが、兜坂国《とさかのくに》には秋口に咲く品種がある。それを秋深見といって、宮中でも愛《め》でられているのだ。

「確か妃宮が普段過ごしていらっしゃる御座所殿《ござしょでん》の庭にも、たいそうたくさん植えられているのだと聞いたよ」

「そのとおり。妃宮は、秋深見の華やかな姿形と落ち着いた色合いがお気に召しているようでな。貴族のうちには桃危宮《とうきぐう》のことを深見宮などと呼ぶものもいる」

「その秋深見が、いったいどうしたっていうんだ」

「秋深見は貴重な花ゆえ、育てているのは都でも宮中や大貴族の屋敷のみなのだ。だがその美しさは都中に知れ渡っている。民も官人らも、手に入れたいと願っている」

「だけど無理だろう。みなにゆき渡るほどは花がないんだから」

「それゆえ民は工夫をした。繭玉《まゆだま》を染めて切り抜いたものを貼り合わせて、秋深見の造花をこさえて飾るようになった。これを蚕花《かいこばな》という」

　蚕の繭を花の色に染めあげて、その丸みを生かして花びらの形に切り抜く。それを幾枚にも重ねて、見事な秋深見の造花を作る工夫を編みだしたのである。

「これが偽物《にせもの》の花とはいえ、たいへん美しいものでな。今ではこの時節になると、市にたくさんの大輪が並ぶそうだ」

　なるほど、と綾芽は瞳をきらめかせた。

「その蚕花ならば、妃宮もお喜びになるっていうんだな」

「きっとな。宮中には本物の秋深見が咲いているから、誰も蚕花にはあまり興味を示さぬ。だがあれは見事なものだ。妃宮は民草の風物を軽んじる御方ではないし、秋深見をたいそう好まれている。それに」

と二藍は、御簾の向こうを吹き抜ける涼やかな風に目をやった。

「枯れぬ花というのも、ときにはよいものだろう」

確かに、と綾芽は感心した。大君と仲違いしているからこそ、鮎名は枯れぬ花に心を慰められるに違いない。二藍はそう言っているのだ。

さすがは二藍だ。綾芽はそわそわとしてきた。

「それ、今日市を訪ねても売ってるかな?」

「売られているだろう。ちょうどよい時季だ」

「わたし、これから市に行ってきてもよいか?」

ますますこれしかない気がしてきて、我慢できずに頼みこんだ。

「ひとりでか?」

「佐智に連れていってもらうことにする。佐智が無理なら他を当たるよ。いいだろう?蚕花を買ったらすぐに戻ってくるから」

「当然構わない。そのつもりで蚕花の話をしたのだ」

「本当か! じゃあさっそく――」

「だがひとつ、条件がある」

「……なんだ？」

腰を浮かす勢いを削《そ》がれて、綾芽は二藍を窺《うかが》った。条件？　いったいなんだろう。

二藍はもったいぶって口の端《は》を持ちあげると、にこやかに言った。

「わたしもゆく」

「ほんっとに行くの？　あんたも？」

呆《あき》れた佐智の声が母屋《もや》に響く。長く二藍に仕《つか》えている佐智は、二藍に対して気安い――というより遠慮がない。ずるい男と呼んで憚《はばか》らず、あまり敬っているようでもない。だがそういう佐智を二藍は気に入って重用《ちょうよう》しているから、なんの問題もない。

今も二藍は、苦虫を嚙みつぶしたような佐智に涼しい顔で返した。

「ゆくと言ったらゆくのだ。なにが悪い？」

「別に悪くないけどさあ」

と二藍の無茶に振り回されがちの佐智は、大きく息を吐く。「なにも春宮ともあろう御方が、地下《じげ》の官人のお召し物で行啓《ぎょうけい》されずともよいのではございませんか？」

必要以上に馬鹿丁寧《ていねい》に尋ねる佐智を、綾芽は苦笑して見つめた。

二藍は、綾芽と一緒に市にゆくという。だがもちろん市井《しせい》に軽々しく出ていくわけにはいかない。やんごとなき御方は、普通は市になど赴《おもむ》かないのだ。それではどうするのかと思ったら、二藍はお忍びでゆくという。それも下級官人に身をやつしてである。

「あんたみたいな上つ御方に、遊びでそういう格好されたくないんだけどねえ」

若い時分は巷《ちまた》暮らしで苦労したという佐智は、軽々しく変装するという春宮の心持ちが気にくわないらしい。だが二藍はびくともしなかった。すました声でこう答える。

「遊びではないのだ。管《くだ》を巻いている暇《ひま》があったら着替えをよこせ。あまり遅くなると、店によいものがなくなってしまう」

「どう考えても遊びじゃないか。いつもと違う刺激を綾芽と楽しみたいんだろ？」

佐智は愚痴をこぼしながら、どこからか調達したらしき下級官人の官服《かんぷく》を広げた。さすがに申し訳ない気分になって、綾芽は小さくなった。

「ごめん佐智。もとはといえば、わたしが市に行きたいって言いだしたんだよ」

「あんたのせいじゃないよ。別にあんたは一緒についてきてくれなんて頼んでないだろ？こいつが勝手に同行するって言いだした。まったく、綾芽に罪悪感まで抱かせて、ずるい男だよ」

「なにを申す、そんなものいっさい抱かせるつもりなどない。これは遊びではないと言っているだろうに」

几帳《きちよう》の向こうで悠々と着替えながら二藍は言ってのけた。「はいはい」と佐智は綾芽に肩をすくめてみせる。綾芽はつい笑ってしまった。とはいえやはり気がとがめる。

だが二藍は本当にまったく意に介していないようで、上機嫌で着替えを終えて、几帳の陰から現れた。

「ちょうどよい丈《たけ》だ。よく探してきたな、佐智」

「そりゃどうも。でもぜんっぜん似合ってないね」

「そうか？」

二藍は少々気に障《さわ》ったような顔をして綾芽に顔を向けた。

「え？　いや……」

感想を求められているのはわかっていたが、目のやり場に困って、綾芽は視線をさまよわせてしまった。

確かに佐智の意見はもっともだ。正直言って、いつもの濃紫《こきむらさき》のほうが幾倍も似合っている。下級官人の官服は質のよくない生地《きじ》を用いていて、へたれている。袖《そで》も袴《はかま》も上つ御方のまとう装束《しようぞく》よりつまっているし、全体として艶《つや》がない。袍《ほう》の色は褪《あ》せたような薄い縹《はなだ》色で、またそれが、濃い色の袍ばかりまとっている二藍の印象と合わない。極めつけは、結った髪に載せられた烏帽子《えぼし》だ。いたたまれない気分になるほど形が崩れている。

つまりは、二藍のいかにもやんごとない身のこなしや整った顔立ちとまったく合っていない。人目を忍んでゆくはずなのに、かえって目立つ気がする。

だがそれでいて、綾芽は妙に落ち着かない気分にもなった。慕《した》わしいひとのいつもと異なる格好というのは、こんなにも胸が跳ねるものだったか。

「綾芽、正直に言っていいんだよ。変だって」

呆れ声の佐智が肩を叩く。うん、と言おうとしたところで、二藍が不満げに、いかにも下級官人めかしてぞんざいに腕を組んだので、また綾芽はなにを言っていいのかわからなくなった。

「えっとそうだな、なんというか、あなたはなにをまとってもその……あなたなんだな」

結局は、よくわからないことを口走ってしまった。「当然だろう」と二藍は噴きだすわ、佐智は「構ってられないよ。とっととふたりで行ってきな」と天を仰ぐわで、綾芽は困りはてたのだった。

なんだかんだと言いつつも、佐智は綾芽と二藍が市に向かえるよう牛車の手配もしてくれた。もちろん飾りもなにもない、いたって地味な車である。二藍は腰に、外庭《とつにわ》の官人が斎庭《ゆにわ》に入るときにつける孤《こ》のすれ跡までつけてから乗りこむ念の入れようだった。

「いいのかな。わたしのわがままで、あなたまで連れだしてしまって」

牛車に揺られながら、綾芽はだんだんと不安になってきた。春宮ともあろうひとを、こんな格好で市中に連れだしてよいのだろうか。

「構わぬと言っただろう」

二藍の声はあくまで軽かった。

「お前の買い物はついでと思え。わたしも、まったくの遊びで出かけるわけではない」

「本当にそうなのか？　他にも用でもあるのか」

「まあな」

二藍は言ったきり、楽しげに物見の外を眺めている。もしかして、市なる場所を視察したかったのだろうか。それで綾芽の求めに乗じて出かけることにしたのだろうか。それともなにか他に用があるということにして、綾芽が気にしないようにしてくれただけか。

いろいろと考えて落ち着かなかった綾芽だが、しかし牛車がとまり、二藍に促《うなが》されて外に出るや、そんな気分はどこかに吹き飛んでいった。

「……すごいな」

そうつぶやいたきり、言葉が出ない。

東市《とうし》の入り口の朱門をくぐると、右も左も店がずらりと並んでいた。地に柱を数本立てて、そこに筵《むしろ》や板で壁を作って簡素な屋根を渡した小さな店が、門からまっすぐ続く路《みち》の両側にひしめいている。それぞれの店の店主が、筵のうえで各々《おのおの》の商いに精をだしていた。大根青菜に茄子《なす》、緑の莢《さや》がついた豆と、野菜をうずたかく積んだ店の主が威勢よく声を張りあげていると思えば、その隣では干し魚が吊るされて、潮《しお》の匂いを振りまいている。向かいには大甕《おおがめ》小甕《こがめ》が列をなしていた。酢や醤《ひしお》、油や塩を量り売りしているのだ。ひときわ大きな店を覗くと土器《かわらけ》を売っている。形よいものは高値なのか、貴族の家の使いや官衙《かんが》の調度の仕入れを担《にな》う官人が吟味《ぎんみ》している。民はもっぱらその横に、ところ狭しと積みあげられているほうに我も我もと手を伸ばしていた。そちらの碗は欠けたりひびが入ったりしているが、安値なので買い得というわけだ。

「二藍、わたし、ちょっと見て回ってもいいか？」

きょろきょろとするうちに、心が浮き立ってきた。弾《はず》んだ声で振り返ると、「好きにするがよい」と二藍は笑みを返してくれる。

「だがひとりでゆくな。わたしが迷子になる」

「あなたが？　わたしがじゃなくてか？」

「我らはどちらも市に明るくないからな。互いに迷子になって互いに困る」

綾芽も笑みをこぼして、それじゃあ、と隣に並んで歩くことにした。

売り物だけでなく、ここにはさまざまなものがあった。相撲《すまい》に興じる人々のあいだを過ぎ、牛を牽《ひ》く男たちとすれちがう。今の二藍よりも立派な格好をした中位の官人から遊び回る童《わらわ》まで、ありとあらゆる人々がいて、ありとあらゆるものを買い求めている。綾芽は目を輝かせて、右に左に忙《せわ》しく視線を向けた。

「ものめずらしくて楽しいか」

落ち着きのない綾芽がおかしいのか、二藍は笑いをこぼす。綾芽は笑顔でうなずいて、でも、と続けた。

「なによりあなたと並んで歩けるのが楽しいんだ」

「わたしと？」

「普段は女嬬として仕える形になるから、先導するか付き従うかだろう？　だけど今だけは誰にも見咎められずに、堂々と隣を歩けるからな」

綾芽の言葉を聞くや、二藍は嬉しそうな顔をした。そういう自分が気恥ずかしかったのか、すぐに笑って目を逸《そ》らす。

「綾芽、よい匂いがするな。なんだと思う」

「ほんとだ。なんだろうな」

綾芽も軒先を見回してみる。確かに香ばしい匂いがどこからか漂ってくる。そしてほどなく、あ、と歓声をあげた。米や木の実を売る店の傍《かたわ》らで、策餅《さくべい》を揚げているではないか。米粉を練って、縄のようにねじって揚げた菓子である。斎庭《ゆにわ》で見るものよりはかなり大きめで、縄模様も豪快だ。それがまた目を引いてしまう。

「あれも売ってるのかな？　美味《おい》しそうだな」

「賞味したいか？　お前が望んでいるのならば買いにゆこうか」

「……いいのか？」

ぱっと顔をあげて尋ねれば、二藍は「無論」と微笑んだ。

「なんだ官人の兄ちゃん、ひとつでいいのかね。夫婦でひとつかい。けちな御方だ」

策餅売りの初老の男は、油からあげたばかりのものを竹皮に包みながら二藍をからかった。二藍はにこりと言いかえす。

「悪いがわたしは満腹でな。だがかわいい妻がこう申すのだ。お前の策餅の香りがあまりにもかぐわしく、宮中でもこれほどのものにはお目にかかれない、どうしても一口食べたいと。それでわざわざ寄ったわけだ」

「兄ちゃん、どんなに褒《ほ》めてもけちはけちだからな」と男は声をあげて笑った。「だが気分がいいから、そこの籠《かご》に入ってる上物の棗《なつめ》を安く売ってやるよ。大君にだって手に入らない、とっておきの逸品《いっぴん》だ。どうだね」

「わかった。それをいただこう」

二藍は策餅と棗の包みを受けとり、代わりに銭を渡した。

「なんだ、結局買わされてるじゃないか」

湯気をたてる策餅を手渡された綾芽が忍び笑うと、二藍はすがすがしく返した。

「構わぬよ。こういうことが一度してみたかったのだ」

「だったらよかった。でも、大君にも手に入らぬ逸品だって。大きく出たものだな」

「まったくだ。せっかくだから大君にひとつふたつさしあげてみようか」

笑いながら懐《ふところ》に棗を収めた二藍は、さあ、と綾芽を促した。

「冷めぬうちに味わうとよい」

綾芽は礼を言ってかぶりついた。須佐《すさ》の作る繊細な味わいのものと比べたらやはり大味だが、これはこれで悪くない。なによりこうして市の中を練り歩きながら食すことで、たまらなく特別なものに感じられる。

夢のように楽しくて、綾芽はかつて抱いていたひそかな憧《あこが》れを思い出した。

（いつか、心通った誰かとこういう遊びをしてみたいとずっと思ってたんだ）

都の市なる場所を、綾芽を認めて大切に思ってくれる誰かと歩いてみたい。故郷の冷たい藁《わら》の褥《しとね》の上で、そう何度も夢想していた。夢物語だと笑われるのを承知で、那緒《なお》に話したことだってある。

そうしたら那緒は、おかしそうに肩を震わせて言ったのだった。

――馬鹿ね、斎庭《ゆにわ》に入れさえすれば簡単に叶《かな》うわよ。もし慕わしい人ができなかったら、仕方ないわね。わたしが買い食いに付き合ってあげる。

失われた明るい声が脳裏に蘇《よみがえ》り、綾芽は食べかけの策餅を握りしめた。

（わたし、あなたとも一緒に来たかったよ、那緒）

と、

「どうした、あまり食が進まぬ味か？　無理せずともよいのだぞ」

二藍に覗きこまれて、はっと綾芽は物思いから立ちかえった。

「いや、美味しいよ！　まあ須佐のよりは大味だけど、これはこれでなかなかだ。あなたも食べてみないか？」

「お前のために買ったのに、いいのか」

「もちろん！　一緒に食べたほうが美味しいよ。それにほら、ちゃんとわたしが毒味ずみだからあとで怒られることもない」

「お前の毒味などいらぬが、ともに味わえば楽しいのは確かだな。ならばいただこうか」

ちぎって渡すと、二藍は一息に口に含んで、おかしそうな顔をした。

「確かにたいそう大味だな。だが不思議と美味にも感じる」

「だろう？」

美味しく感じるということは、二藍も楽しんでくれているのだ。それがわかって綾芽の心は躍《おど》った。

「――だけどさ」

策餅を平らげてすっかり満足した綾芽は、からかうように口をひらく。

「あなた、さっきわたしのことを妻だなんて言っただろう。いいのか？　誰かに見られてあなただって気づかれたら面倒ごとになるぞ」

「構わぬよ」と二藍は鼻で笑った。「むしろみなにははじめから、そのようなことにしておくと言い含めてあるからな」

「みな？」

「なんだ、気づいていないのか？」

二藍は袖を口にあてて目を細める。「当然ながら、いくら人目を忍んでの道行きとはいえ、我らがふたりだけでのほほんと市を歩けるわけもなかろう。そこここに警護の者が紛れている。その者らには、わたしは女嬬である梓《あずさ》――つまりお前を妻に仕立てて、地下《じげ》の官人の夫婦を装うとあらかじめ伝えてあるのだ」

綾芽は絶句して、あっという間に赤くなった。そうなのか。これ、全部見られていたか。慌《あわ》てて周りを見渡せば、確かにどこかで見たような顔の者がちらほらといる。あちらで貝を吟味しているのは弾正台《だんじょうだい》の女官だ。小刀を売る店の主に熱心に商品を勧《すす》められて涼しい顔をしているのは、女舎人《おんなとねり》の千古《ちこ》ではないか。

「気にすることはあるまい」

と二藍は、今さらうろたえている綾芽の袖をおかしそうに引っ張った。

「むしろわたしは、いくらでも見るがよいと思っている」

「よくないよ！　いや仕方ないけど、せめてわたしは遊んでないであなたをちゃんと守らなきゃ」

「なにを言う。お前は普段どおりにしていればいいのだ。あからさまに警戒すればむしろ周囲に怪《あや》しまれるだろうに」

「そうだけど」

「さあ、次はあちらに向かおう。蚕花は右の路《みち》の奥で売っているはずだ」

なんだか言いくるめられている気もしたが、まあ、警護の者がいるのなら危険はないだろう。結局綾芽はかえって安堵《あんど》して、二藍についていった。

市は運河を挟んだ路にも続いていて、こちらも賑わっている。食物が中心だったさきほど異なり、こちらは雑多な品が並んでいた。麻や綿、糸から始まって、羅《うすもの》に紗《うすぎぬ》、錦《にしき》の織物といった高級品や、縫いあげられた衣なんてものもある。官衙が放出したものか、官人や女官が禄《ろく》として支給された品を売りに出しているのか。

他にも丹《に》や染草《そめくさ》、筆に墨、極めつけは玉や金細工のような、いたく高価なものまでが買い手を待っていた。

「ほんとになんでもあるんだな。でも蚕花はどこなんだ？」

今日の記念だといって珍しい色の硯《すずり》を買い求めた二藍に、綾芽は尋ねた。

「ここにはない。このあたりは官衙からの払い下げ品や、官人に委託された品などを扱っていて、市司《いちのつかさ》の監視も厳しいのだ。この路のはずれまでゆこう」

二藍の言ったとおり、豪勢な品を売る界隈《かいわい》を歩いてゆくと、だんだんと売り物が着古した衣や、官衙の普請《ふしん》の際に掠《かす》めとってきたに違いない古瓦《ふるがわら》などに変わってきた。店構えも、もはや柱も屋根もなく、筵だけを敷いて品物を並べているありさまだ。

「……なんだか雰囲気が変わってきたな。市は、市司に認められた者しか店をひらけないんじゃなかったのか？」

「このあたりはもう官営の市ではないのだ。よって許可なくとも商売ができる。民同士のやりとりは、むしろこちらのほうが活発だ」

「許可なしでもいいのか？」

「無論、許されない。律令《りつりょう》の上ではだが」

「……黙認しているのか」

「ある程度はな。我らの目の届かぬところで為《な》されるよりはましだ」

官営の市への出品には、市司の認める品質が必要だ。よってこちらには、官営市ではとても売り物にならないものばかりが並んでいるが、それでも必要とする者はいる。二藍もそれを重々承知しているのだろう。

その雑多な路《みち》を途中で左に逸れると運河に出て、またすこし風通しがよくなった。蚕花はそこで売っていた。幾人かが売りに出しているが、作った者の腕によってかなりできばえが異なるようだ。綾芽は行ったり来たりしてじっくり吟味すると、淡い色合いで、本物よりも二回りほど小ぶりなものに決めた。

「もっと大きなものでなくてよいのか？」

「いいんだ。あの御方は本物が咲く庭をお持ちだよ。だからかえって小さなほうが、趣《おもむき》があって素敵だと思うんだ。これは細工もとてもよくできているし」

綾芽が自分の禄から代金を払うと、二藍は買い求めた品を今しばらく預かっていてほしいと店の者に頼んだ。

「まだゆくところがあるのか？」

「さきほどの界隈を、もう少々散策したいのだ」

「あの、ちょっと怪しい界隈か」

「そうだ」

二藍は興味本位というわけでもなさそうだ。市井のことを、この機によく見ておくつもりなのかもしれない。

再び許可なしの市に舞い戻ると、二藍は官営市の通りから離れるほうへと足を運んでいく。路は細くなり、店と店のあいだも狭くなる。大声を出す男や、こすっからそうな目をした女が増えてくる。

「なあ、大丈夫なのか？」

綾芽はつい二藍に身を寄せた。道ばたで売っている品にも脈絡《みゃくらく》がなくなっている。ひとつの店で、歯が欠けた櫛《くし》と、漆《うるし》の塗られた飾り台と、腐りかけた野菜が隣り合って売られるありさまだ。

――まるで、盗品市じゃないか。

思わず息を呑んだ綾芽とは正反対に、二藍はなんてことなさげな顔をしている。

「見た目ほど危険なところではない。官人とて多くいるだろう。目を引くものがないか、よく眺めてゆけばよい。掏摸《すり》にだけは気をつけろ」

綾芽は銭を入れた袋を懐深くに抱きなおした。確かにがらくたばかりの売り物には、今までにない魅力もあって、目があちらこちらに引き寄せられてしまう。どこぞの楼門《ろうもん》を取り壊したときに出たらしき極彩色の狼の木像、なにに使うのか、大量の官製の木簡《もっかん》、このあたりの民が呪いに使うという人面壺――。

と目移りしていた綾芽は、ふとあるものの上で視線をとめた。

ひたすら古い几《つくえ》を積みあげた店の陰に、ふてくされたような表情の娘が座っている。前には小さな筵があって、いくつか品が並んでいた。女官なのか、禄としてもらえる簡素な櫛や手箱といった見覚えのあるものがほとんどだが――。

（あれ？　あの品は……）

ひとつだけ、眉を寄せて何度も見やってしまう品があった。

錦の織物でできた小袋である。色はほとんど黒に見える黒緑で派手さが皆無だからか、道行く人もほぼ目を留《と》めないが、よく見ればつややかで、いたくよい布地を使っている。

綾芽はどこかで、この生地を見たことがある気がした。

「なあ、あれを見てきたいんだけど、いいかな」

向かいの店を眺めていた二藍の袖を引くと、二藍は小袋にさっと目をやって、ほう、と息を漏らした。

「無論よい。言い値で買い求めてこい。銭が足らなければわたしが出す」

「え、わたしまだ買うとは言っていないけど」

「足らねば呼べ。頼んだぞ」

問答無用で背を押され、綾芽はあれよあれよと娘のほうに追いやられた。ついてきてくれないのか、と二藍を振り返っても、二藍はそ知らぬ顔で隣の几に目をやっている。

仕方ない。綾芽は息を吐いて、売り手の娘に歩み寄った。

「あの、品を見てもいいかな」

娘は綾芽を頭のてっぺんからつま先までじろりと見ると、「どうぞ」と短く答えた。警戒されている気がする。

（ということはこれ、盗品なのか？　でもほとんどの品はこの子の禄だろうし……知り合いじゃないか確認したのかな）

この娘が斎庭《ゆにわ》と外庭《とつにわ》、どちらに仕えているのかはわからないが、禄の櫛や手箱を売ってしまうとなれば、知り合いに見られたら気まずいのは理解できる。

そんなことを思いつつ、目に留めていた小袋を手にとった。やはり地味だがすべらかで、触ったとたんによい品だとわかる。だがこのほっそりとした形は、いったいなにを入れるためのものなのだろう。櫛は入らないし、箸《はし》には短い。笄子《かんざし》にちょうどよい気もするが、この娘の禄の内容を見るに、笄子を使うほどの官位には思えないのだが——。と裏返したとき、はっと綾芽は手をとめた。

小袋の裏に、この錦とほとんど同じ色の糸で刺繡がしてある。よくよく見なければ気づきもしないし、気づけたとしてもなにが刺されているかわかりづらいが——綾芽はすぐに悟った。

鮎《あゆ》だ。

（これ、妃宮の印じゃないか！）

この水面から跳ねあがる鮎の絵は、鮎名が好んで身の回りのものにつけている印だ。といっても欲がなく、役目以外では必要なものしか持たない鮎名は、この印も目立たぬように施《ほどこ》している。ゆえに綾芽も、これが鮎名の印だと二藍に教えてもらって初めて知った。

——まさか。

綾芽は跳ねる鮎の刺繡に気づかなかったふりをしながら、そっと売り手の娘を窺った。

この娘は誰にもばれないと思って、こっそりと鮎名の私物を売っているのか？

なぜそんなものを手に入れたのだ。鮎名に下賜《かし》されたのを、勝手に売り払おうとしている？　いや、売ってしまうような娘に、鮎名は自分の印が入った品などけっして渡さないだろう。

　ということは。

「ねえ、それ買うの、買わないの、どっちなの？」

　いつまでも小袋を握っている綾芽に、焦《じ》れたように娘が声をかけてきた。

「買わないなら返してくれる？　それ、わたしがすっごく頑張って手に入れた、貴重な品なのよ」

　その馬鹿にしきった言い方に、綾芽は銭の袋に伸ばそうとしていた手をとめた。こんな娘に、銭など払ってなるものか。

「……買わないけど、返さないよ」

　言い放つと、小袋を懐に押しこんで立ちあがる。娘はきっと眉をつりあげて怒鳴った。

「ちょっと！　返しなさいよ盗人《ぬすっと》！」

　なにごとかと周りの人々が振り返る。だが場所柄なのか、すぐに綾芽を捕まえようとする者は皆無だ。面白がって遠巻きに眺めている。これ幸いと、綾芽は娘に言いかえした。

「盗人はどっちだ」

「あんたに決まってるでしょ」

「じゃあ訊《き》くけど、この袋をどうやって手に入れたんだ。言ってみろ」

「どうって……いただいたのよ」

「誰にだ」

「誰にってそれは……」

娘は大きく息を吸った。綾芽は、娘が叫びだすのではないかと思った。盗人を捕まえてと、市司《いちのつかさ》の役人にまで聞こえるよう訴えるのではないかと。

だが娘はそうしなかった。さっと口を結んで立ちあがり、そのまま雑踏《ざっとう》へ駆けだした。

「あ、待て！」

綾芽は急いで追いかけようとした。しかし娘はすばしこく店の合間を抜けていく。一方綾芽は、不幸にも周りに人が集まっていたせいでなかなかその輪から抜けだせない。

娘の背が人々の中に紛れていく。

しまった、逃げられる——と唇を噛んだときだった。

きゃ、と悲鳴が響いて、なにかが倒れる音がした。慌てて人をかきわけてみると、件《くだん》の娘が路《みち》にひっくり返っている。誰かに足をかけられて、転ばせられたのだ。

見れば娘の傍《かたわ》らで、二藍が涼しい顔をしている。足をかけたのは二藍だ。そしてその二藍の背後では、千古が娘をうつ伏せに押さえこんでいた。

二藍は、綾芽の姿を認めるやにこりとした。

「よくやった。これでわたしの頼まれごとも一件落着というわけだ」

「……確かにわたしの笄子袋《かんざしぶくろ》だ。よく見つけてくれた」

綾芽が両手で黒緑の袋をさしだすと、鮎名は目を潤《うる》ませた。

「大君がくださった品なんだ。金鶏《きんけい》の笄子を入れるためにとあつらえて、わたしの印までつけてくださった」

鮎名は袋を裏返し、鮎の刺繡を愛《いと》おしそうに何度も撫でた。

綾芽が思ったとおり、あの袋は鮎名の笄子入れだった。それも大君が鮎名のために用命した特別な笄子を入れるための品で、それはそれは大切にしていたそうだ。

だがある日、祭礼が終わって笄子をしまおうと袋を探すも見つからない。大切にしていた、それも大君の贈り物をなくしてしまったという事実に、鮎名はひどく落ちこんだ。

それで元気がなかったのだ。大君の渡りを拒んだのも、袋が見つからないままに大君とどんな顔をして会えばよいのかと悩んでいたゆえのことだった。

（だけどこれで、お心は晴れたんだな）

控えていた常子に袋を見せて嬉しそうにしている鮎名の姿に、綾芽は胸をなでおろした。

よかった。ほとんどは綾芽の功績でもなんでもないが、それでも鮎名がにこやかでいてくれるのなら、綾芽が市に出向いた甲斐はあった。

「本当にありがとう、綾芽。お前のおかげで大切なものを失わずにすんだ」

改めて礼を言われて、綾芽は笑って隣に座した二藍に目を向けた。

「いえ、みな二藍さまが為してくださったのです。わたしはついていっただけです」

鮎名は、笄子袋がなくなったと二藍に相談していたらしい。二藍はかつて斎庭《ゆにわ》内の非違を取り締まる弾正伊《だんじようのいん》だったから、それもあって打ち明けたのだ。鮎名も二藍もはじめから、誰かが盗みだしたと睨《にら》んでいたのだろう。

二藍は調べるうちに、当日鮎名の御座所殿の清掃に入った掃司《かもりのつかさ》の女官のひとりが怪しいと睨んだそうだ。とはいえ証拠もなく問い詰めるわけにはいかず、心術で口を割らせるのも綾芽にとめられているしで、それで一計を案じた。

それとなく掃司の者らを疑っていることを知らせた上で、市に買い物の使いにやらせたのである。それで疑われていた娘は、上つ御方の疑念がいよいよ自分に向く前に、今まで盗んだものと一緒に鮎名の笄子袋《かんざし》を売り払ってしまおうとした。

それを綾芽が見つけたというわけだった。

いいえ、と二藍は微笑んだ。

「綾芽は謙遜《けんそん》を申しているだけですよ。いつもながらよく働きましたし、妃宮に美しき贈り物まで添えたいと申しております」

そう言って綾芽を促す。「ほう」と鮎名は綾芽の手元に目を落とした。そこには綾芽が鮎名のために買い求めた、蚕の繭でできた小さな深見草がある。

「そのかわいらしい深見草も、わたしにくれるのか？」

嬉々《きき》として尋ねられて、綾芽ははい、と慎《つつ》ましく笑みを返した。

「笄子袋をとりもどした帰り、偶然売っているのを見かけたのです。妃宮は深見草がたいそうお好きと聞いておりましたので、こちらもさしあげたいと考えました。もちろん、笄子袋の添え物に過ぎませんが」

「そんなことはないよ、ありがとう。わたしのために選んでくれたんだな」

鮎名は笄子袋を膝《ひざ》の上に置き、綾芽の蚕花を受けとってくれた。

矯《た》めつ眇《す》めつしてにっこりとする。

「気に入った。北の室《へや》に活けておくよ。色が白いから闇に映《は》えるうえ、水を換えずとも陽が当たらずとも枯れないから、褥《しとね》から眺めるのにちょうどいい」

「そう仰っていただけて嬉しいです」

綾芽はほっと表情を緩めた。こんな偽物などいらぬと突き返されたらどうしようと思っていたが、さすが鮎名はそんなことは言わなかった。

と鮎名は、なにごとかを思いついたように笑みを深めた。

「いろいろしてもらったから礼がしたい。まあたいしたことはできないが……わたしの庭でもちょうど秋深見が咲きはじめたところだ。二藍とふたりで、好きな花を一輪手折《たお》ってゆくとよいよ」

本物の秋深見は、それはそれは美しかった。肩ほどまである背の高い株が庭一面に並び、その緑がつくる海に浮かぶように赤や白に咲き誇る大輪の花々に綾芽が見とれていると、二藍がおかしそうに尋ねてきた。

「なぜ、偶然見つけたからついでに買った、などと言ったのだ？　本当は、お前はあの蚕花を買うためにわざわざ市へ赴いたのだろうに」

「だって」と綾芽は頰を染める。「妃宮がお探しだったものが見つかったのに、今さらお慰めしたかったから蚕花を買いに出かけたなんて言えないじゃないか。わたしの慰めなんて、全然まったく、見当違いだったんだよ」

もし蚕花だけ贈っても鮎名は喜んではくれただろうが、心から嬉しくはなかったはずだ。

「だが、お前が妃宮を励まそうと足を運んだのはまことだろう。なぜ隠す必要がある」

「いいじゃないか、丸く収まったんだから。それよりあなたこそ、なんではじめから教えてくれなかったんだ？　盗まれた袋を探してるって言ってくれたら、あなたのお忍びの意味もすぐわかったのに」

「最初から告げておくと、お前は血眼《ちまなこ》になって探そうとするだろう？　それでは盗人に感づかれて逃げられる」

「そういうものか？」

深見草の濃い緑の葉の向こうで「そういうものだ」と二藍は笑った。

「でも結局、わたしは盗人を逃がしてしまったよ。あなたは買ってこいって言ったのにな。つい頭に血がのぼって、咎めだてしてしまった」

綾芽はしゅんとして思い返した。あれは悪手《あくしゅ》だったのだ。二藍が捕らえてくれなかったら逃がしてしまうところだった。

だが二藍は、軽やかな足どりで綾芽のそばに歩み寄った。

「それを見越して、あえてお前に向かってもらったのだ」

「え？」

「お前はきっと、盗人に銭を払うなどという道理に合わないことは許せないだろうと最初から思っていた。ああして娘が逃げだしてくれて、むしろ思うつぼだった。逃げだしたところを捕らえられれば、もう娘も申し開きはできぬ」

二藍は綾芽の背を軽く叩いた。

「お前のおかげで、あの娘が確かに盗人だと確かめられた。のらりくらりと言い逃れされず捕まえられて助かった」

「……そうなのか」

そうか。ならばよかった。鮎名の慰めになるにはまだまだ綾芽は力不足のようだが、二藍が喜んでくれるならそれでいい。

「それで？」と二藍は顎《あご》をすこし持ちあげ、綾芽を促す。

「どの花をいただくのだ？　迷っていると日が暮れるぞ」

「今ちょうど考えてたところだったんだ」と綾芽は、こぼれ落ちんばかりに咲き乱れる花を急いで指差した。

「あなたの意見も聞こうと思って。こちらの真っ赤なものと、白地に縁《ふち》だけ朱色のもの、どちらがよいと思う？」

「どちらでもよい。お前が好きなほうにすればよい」

「だめだよ、あなたとわたしにくださるっていうんだから」

ほら、と二藍の袖を引き寄せると、二藍は仕方がないなと、腰を折って真っ赤なほうを覗きこんだ。

「どうだ？　気に入ったか？」

「なかなかだな。見ろ、この葉の形は珍しい。風変わりな切れ目がいくつも入っている」

「ちょっと、どこに注目してるんだ、やんごとなき身なんだから、物珍しさとかじゃなく、もっと雅《みやび》な感じに美しいかどうかを大切にして選んでくれ」

「誤解も甚《はなは》だしいな。いつでも雅を求めるわけではないぞ、わたしは神祇官だからな」

「……わかったよ、じゃあ葉をよく観察しよう。それで格好のよいほうにしよう」

「そんな決め方があるか」

「あなたがさきに言いだしたんだろう？」

呆れたように言い合ってから、ふたりはどちらともなく笑いだした。


「――仲のよいものだな」

そんな光景を、鮎名は御簾の奥から目を細めて見つめていた。右手には笄《かんざし》子袋、左手には綾芽がくれた繭の花を携えている。

「そのとおりですね」と答えた常子は、やわらかく声をひそめた。

「ねえ鮎名。その蚕花をあなたに贈った綾芽の真意には気づいているのでしょう？」

「当然」

と鮎名は頬を緩めて花に視線を落とした。

「あの二藍が、こそ泥を捕らえるためだけにわざわざ市に出かけるとも思えない。笄子《かんざし》の袋を探すだけならば、それこそ弾正台に任せればよかったんだ。となればきっと、綾芽がわたしを励ますためになにか贈り物をせんと考えてくれたのだろう。二藍は、そんな綾芽を市に連れていってやりたかったのだな」

「二藍さまにも、市にゆかれるもっともらしい理由が必要だったということですね」

「あの男にとっては、わたしの頼みのほうがついでだったわけだ」

まったく、と鮎名はおかしげに肩を震わせた。

「けれど綾芽はやさしい娘だな。この蚕花は大切に飾ることにするよ」

「あの子は、あなたを心から慕っているのですよ」

「嬉しいことだ。でも」と鮎名は思わせぶりに目配せした。「綾芽は二藍といるときが一番楽しそうだな」

御簾の向こうから、童のようにはしゃいだ笑い声が聞こえてくる。

「わたしは、あのふたりがうらやましいよ」

遠い目をした鮎名を、まあ、と常子は見やった。

そして鮎名の手から蚕花をそっと奪う。

「あなたがそういうことを言ったらいけないのではなくて？　鮎名」

「なぜだ。というか返してくれ」

「だめですよ」

　取り返そうとした鮎名の手をひょいとかわし、常子は裾をひいた。鷺足《さぎあし》の台に敷物を広げ、その上に手箱をひらくと、品よく繭の花を活ける。やわらかな花弁が漆の手箱に映えて、はっとするほど美しい。

　鮎名は眉を寄せた。

「なぜそこに飾るんだ。寝屋に活けると言っただろうに」

「夜になったらちゃんと北の対《たい》に移します。けれどまずは綾芽の思いのとおりに使ってあげねば」

「思い？」

「二藍さまが仰っておりましたよ。綾芽は、あなたが大君と仲違いされたのではと心配していたんですって」

　ふふ、と笑いを漏らされて、鮎名はばつの悪そうな表情をした。

「仲違いは……していない。ただ恩賜《おんし》の品をなくした分際で、お渡りいただくわけにはいかないと思っていただけで」

「その失《う》せ物も無事見つかったのですから、なにも障《さわ》りはないでしょう？　あなたらしいと微笑ましく思っていらした大君に、綾芽の心遣いのこともお話しになるとよいですよ」

それでは、と常子は両手を揃《そろ》え、退室の礼をした。

「どこへゆくんだ」

「さがらせていただきます」

「なぜ」

「なぜって」

常子はちょっと呆れた顔をした。

「わかるでしょうに。これから大君がこちらへお渡りになるからですよ。そのあたり、二藍さまが手抜かりなされるわけがございません」

え、と笄子《かんざし》袋を握りしめた鮎名が声を失っているうちに、それではと常子は出ていった。

御簾の向こうで、庭へ呼びかける声がする。

「さあお二方、そろそろどの花がよいかお決めになってくださいね……」

はあい、と綾芽の明るい声が、咲き誇る花の海に響いていた。

最後の紗《うすぎぬ》

夜が明けて、春宮《はるのみや》の眠る殿舎に香炉をとりにゆくと、すでに八杷島《やはじま》へ発《た》った春宮妃《はるのみやひ》からの礼文が添えてあった。

『砂嘴無《さしな》の香のおかげで、二藍《ふたあい》さまは深くおやすみになれたようです。ありがとうございました』

十櫛《とくし》はわずかに目元を緩《ゆる》めてそれを懐《ふところ》に入れた。律儀《りちぎ》なものだ。

確かに二藍はよく眠っていた。眠る神ゆらぎの心は無とされるが、そうと知らなければ幸せな夢路《ゆめじ》を辿《たど》っているに違いないと思わせるほど、満たされた顔つきをしていた。

実際二藍は、無の底で楽しい夢を見ているのかもしれない。失われた過去ではなく、しかと今このときに繋がった、心安らぐ思い出のうちにいるのかもしれない。

――であればもう、心配はいらぬだろう。

そう十櫛は思った。

輝く冬兎《ふゆうさぎ》の導きのさきに、とうとう新たな道は拓《ひら》かれた。もはや隠しごとなど必要ない。

ならば。

殿下、とひそやかに呼びかける。

「あなたがお目覚めになったら、最後の嘘と秘密をお明かしいたしましょう」

その悲嘆も絶望も、今のふたりならば越えてゆけるに違いない。

※この作品はフィクションです。実在の人物・団体・事件などにはいっさい関係ありません。

集英社オレンジ文庫をお買い上げいただき、ありがとうございます。
ご意見・ご感想をお待ちしております。

●あて先
〒101-8050　東京都千代田区一ツ橋2-5-10
集英社オレンジ文庫編集部 気付
奥乃桜子先生

神招きの庭 6

庭のつねづね

集英社
オレンジ文庫

2022年6月22日　第1刷発行
2023年4月12日　第2刷発行

著　者　奥乃桜子
発行者　今井孝昭
発行所　株式会社集英社
〒101-8050東京都千代田区一ツ橋2-5-10
電話【編集部】03-3230-6352
【読者係】03-3230-6080
【販売部】03-3230-6393（書店専用）
印刷所　大日本印刷株式会社

ISBN 978-4-08-680452-3 C0193